조종호 新무협 판타지 소설
FANTASTIC ORIENTAL HEROES

성천 2
조종호 新무협 판타지 소설

초판 1쇄 찍은 날 § 2008년 12월 11일
초판 1쇄 펴낸 날 § 2008년 12월 18일

지은이 § 조종호
펴낸이 § 서경석

편집장 § 문혜영
편집책임 § 문정흠
편집 § 이재권

펴낸곳 § 도서출판 청어람
등록번호 § 제1081-1-89호
등록일자 § 1999. 5. 31
어람번호 § 제2-1639호

주소 § 경기도 부천시 원미구 심곡동 163-2 서경B/D 3F (우) 420-010
전화 § 032-656-4452 팩스 § 032-656-4453
http://www.chungeoram.com
E-mail § eoram99@chollian.net

ⓒ 조종호, 2008

ISBN 978-89-251-1605-1 04810
ISBN 978-89-251-1603-7 (세트)

※ 파본은 구입하신 서점에서 교환하여 드립니다.
※ 저자와 협의하여 인지를 붙이지 않습니다.
※ 이 책은 도서출판 청어람과 저작자의 계약에 의해 출판된 것이므로,
  무단 전재 및 유포·공유를 금합니다.

조종호 新무협 판타지 소설
FANTASTIC ORIENTAL HEROES

성천
聖天

2

혼원무혼검(混元無魂劍)

제10장 삼청객잔(三靑客棧) 7

제11장 북무림회(北武林會) 41

제12장 사취암(思取巖) 73

제13장 인청각(隣靑閣) 이십일조(二十一組) 105

제14장 환계(還計) 137

제15장 마찰(摩擦) 169

제16장 비무(比武) 201

제17장 도황지공(刀皇之功) 239

제18장 우극탄천(遇極攤天) 267

제19장 초출사(初出仕) 299

第十章
삼청객잔(三青客棧)

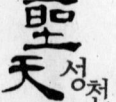

늦은 오후, 섬서성 유창(柳昌).

북무림회가 있는 한중과 대략 삼백여 리 떨어진 자그마한 현인 이곳에 세 사람이 막 들어서고 있었다.

그들은 며칠 전 금창사가에서 북무림회로 길을 떠난 위지극, 사연화, 그리고 사연화의 숙조부 사금학이었다.

사금학은 이미 여러 번 와봐서 길을 잘 아는지 번화가를 지나 하나의 객잔으로 일행을 인도했고, 그곳엔 대충 휘갈긴 글씨체로 삼청객잔(三靑客棧)이라 적혀 있었다.

"여긴 처음 와보는 곳이네요."

사연화가 입구에 멈춰 서서 입을 열었다.

그녀는 북무림회에 속해 있어 유창에 여러 번 와봤다. 하나 이런 곳이 있다는 사실은 모르고 있었다.

"그럴 게다. 유명하진 않지만 내가 좋아하는 게 이곳에 있지."

"그게 세 가지 푸른 것 중에 하나인가 보군요."

위지극이 현판 아닌 현판을 보며 중얼거리듯 말했다.

사금학이 의외라는 눈빛으로 위지극을 쳐다보다 고개를 끄덕였다.

"맞네."

"술이겠죠?"

"음, 그것도 맞네. 어찌 알았는가?"

"그냥, 뭐, 제가 아는 누군가와 비슷해서요."

위지극은 얼버무렸다.

그는 지금 촌장을 생각하고 있었다.

'나이 들면 모두 술을 좋아하게 되는가 보네.'

하나 사금학은 위지극의 대답이 언짢았는지 표정이 좋지 못했다.

"큼."

그는 크게 헛기침을 하고는 성큼 객잔에 들어섰다.

그들은 이곳에서 하루 묵어 가기로 하고 간단히 짐을 푼 후 저녁 식사를 위해 객잔 한쪽에 자리를 잡았다.

시킨 음식이 나오기를 기다리는 동안 위지극은 탁자만을 바라보고 있었다.

'아, 괴로워.'

사금학이란 노인, 함께한 지 며칠이나 됐지만 도무지 익숙해지지 않았다.

말실수라도 한 번 하면 두 눈에 횃불을 집어넣은 것처럼 무시무시하게 노려보기 일쑤인데다, 말투도 툭툭 끊어져 정이 가지 않았다.

'아무래도 나를 싫어하는 듯한데…….'

사연화는 아닐 것이라 했지만 위지극은 그가 자신을 싫어하고 있다는 생각을 지울 수 없었다.

하지만 이유를 알지 못하니 딱히 지금 상황을 개선할 만한 방법도 없었다.

"무슨 걱정이라도 있어? 혹시 또……?"

사연화가 넌지시 물어왔다.

"아, 아니야. 그냥 좀 생각할 게 있어서."

해답도 나오지 않는 걸 괜히 그녀에게 이야기할 필요는 없었다.

위지극은 사금학에 대해 크게 신경 쓰지 말자고 마음을 추슬렀다.

'그래, 재미있는 것도 있으니까…….'

위지극의 얼굴에 어슴푸레한 미소가 떠올랐다.

재미없는 건 사금학이요, 재미있는 건 무공이다.

재미뿐만 아니라 혼원무혼검법을 익히며 새롭게 알게 된 사실이 있었다.

자심연도와 혼원무혼검법의 상성에 대해서다.

이상하게도 검법을 익히면서부터 선천칠기를 다루는 게 한층 손쉬워졌으며, 축적되는 진기의 양이 배로 늘어갔다.

일취월장(日就月將).

하루가 다르게 발전했다.

어쩌면 두 개의 무공은 서로 떨어질 수 없는 관계이니 당연한 것일지도 모르지만.

때문에 위지극은 확고한 목표가 생겼다.

하루빨리 세 가지 초식을 익히고 다음 초식으로 넘어가는 것이었다.

물론 이를 위해서는 무혼심결 중 자심연도를 뛰어넘어 그다음 단계로의 진행이 선행되어야 하지만, 이 역시 지금의 속도라면 그리 오래 걸리진 않을 것 같았다.

의문거리도 있었다.

분명 한 가지 무공을 익히는 데에는 많은 시간이 필요하다고 알고 있었다.

어떤 무공서에서는 삼 년에 걸쳐 일성의 성취를 이루면 훌륭하다고 되어 있었다.

이는 지금 자신에게서 일어나고 있는 현상에 전혀 부합되지 않는 말들이었다.

어떻게 이런 일이 일어날 수 있을까?

도무지 이해할 수 없다.

내공이 급속도로 쌓이고 초식을 단 며칠 만에 익힌다?

물론 그런 무공이 있긴 하다.

바로 마공(魔功).

막강한 내력과 힘을 단시간 내로 얻을 수 있는 대신 인성을 잃게 되는 무공이다.

그렇다면 무혼심결이 마공인가? 단연코 아니라고 말할 수 있다.

무혼심결이 어떻게 해서 만들어졌는지를 안다면 설명할 방법이 있을지도 모르나 지금은 아니었다.

다만 어떤 모종의 관계가 있는 게 아닐까 하고 조심스레 추측할 뿐이었다.

'나중에 무혼이 알려줄까?'

그럴 수도, 아닐 수도 있다.

하지만 그건 먼 훗날의 일.

지금부터 걱정할 필요는 없었다.

"괜찮아? 찡그렸다 웃었다, 오늘따라 이상하네."

위지극의 머릿속을 알 길이 없는 사연화가 궁금해 물었다.

하나 위지극은 조용히 웃기만 했다.

덜컥.

신통치 않은 위지극의 반응에 사연화가 막 뭐라 하려는 그때, 객잔 안으로 한 무리의 사람들이 들어왔다.

남자만 다섯.

그들은 지방에서 장사를 하는 상인인 듯 짐을 한 보따리씩 등에 둘러메고 있었다.

일견 길거리에서 흔히 볼 수 있는 사람들이다.

그러나 위지극은 그들을 보는 순간 묘한 기분이 들었다.

오른손에 간직되어 있던 선천칠기가 미세하게 꿈틀거렸다.

한데 이런 느낌은 위지극만이 아니었나 보다.

사금학이 술잔을 들다 말고 그들을 물끄러미 응시하고 있었기 때문이다.

"혹시 아는 사람들인가요?"

사연화가 속삭이듯 물었다.

하나 사금학은 아무 말도 하지 않았다.

대신 슬쩍 고갯짓으로 그중 한 사내를 가리켰다.

그 사내는 한쪽 팔에 천을 감고 있었는데, 천은 붉게 물들어 있었다.

'강호인!'

그녀가 사내를 강호인이라 단정한 것은 단순히 피가 고인 천 때문만이 아니었다.

상인이라 할지라도 얼마든지 큰 부상을 당할 수 있다.

문제는 그의 태도다.

피가 배인 것으로 보아 팔을 잃은 지 오래되지 않았을 텐데, 일말의 고통도 없어 보인다.

그런 팔을 움직이는 데 있어 얼굴빛 하나 변하지 않는다.

고통을 참는 데 익숙하단 증거다.

고통을 참는 데 익숙한 사람, 상대에게 자신의 허점을 보이지 않는 사람. 그런 사람은 무인밖에 없었다.

위지극도 그 점이 이상했는지 중얼거렸다.

"대단하네. 무지 아플 텐데."

팔을 베여본 적이 있는 위지극으로서는 사내의 아픔이 직접 느껴지는 듯했다.

그 말을 들었음인가. 사내가 위지극 일행을 바라봤다.

"흡."

위지극은 그와 눈이 마주치자 잽싸게 고개를 돌렸다.

딱히 잘못한 건 아니지만 괜한 시비를 일으키긴 싫었다.

만약 그리된다면 노인에게 좋지 못한 소릴 듣게 될 게 뻔했다.

그러나 사금학은 위지극을 슬쩍 일별하고는 술잔을 내려놓았다.

'어?'

위지극은 흠칫했다.

방금 사금학의 얼굴에서 미소를 본 듯했다.

지금까지 한 번도 웃는 것을 본 적이 없었는데…….
사금학이 천천히 입을 열었다.
"연화야."
"네?"
"너 혹시 금산검이란 사람을 아느냐?"
"……!"
사금학의 말에 상인들이 있던 자리의 분위기가 갑자기 싸늘하게 식었다.
사연화는 잘 기억이 나지 않는지 곰곰이 생각하다가 고개를 저었다.
"죄송하지만 들어본 듯도 하고……."
"그럼 태력검문은 알겠구나."
"아, 사천에 있는!"
그제야 사연화가 생각난다는 듯이 말했다.
"맞다. 사천에 있는 검문이지. 그곳의 문주가 바로 금산검 위덕중이다."
"이제 확실히 기억나네요. 태력검법. 예전에 숙부님도 한 차례 말씀하셨는데."
"그래. 나와는 꽤 안면이 있는 사이지. 나보다 나이는 어릴지라도 부를 탐하지 않고 선을 행함에 있어 가히 본받을 만한 인물이었다."
"……?"

사연화는 사금학의 말에서 뭔가 이상한 낌새를 느꼈다.

마치 고인을 회상하는 듯한 말투였다.

과연 그녀의 짐작은 들어맞았다.

"한데 며칠 전에 그만 세상을 떠났다고 하더군."

"네? 왜요?"

사연화는 눈이 동글해졌다.

위지극도 모처럼 그의 말에 흥미가 이는지 궁금증 어린 눈초리였다.

다만 한편에 자리한 다섯 명의 상인.

그들은 마치 시간이 멈춰 버린 듯 아무도 움직이지도 않았다.

식사가 차려져 있건만 젓가락을 드는 사람도 없었다.

그러거나 말거나 사금학은 여전히 미소 띤 얼굴로 하던 이야기를 계속했다.

"금산검은 살해당했다. 그 자신뿐 아니라 일가족이 모두 죽임을 당했다더구나."

"예?"

사연화가 깜짝 놀라 소리쳤다.

숙부에게 듣기로 위덕중의 무공은 결코 약한 게 아니었다.

만약 그렇지 않았다면 자신만의 문파도 만들지 못했을 터였다.

"홍수는 잡혔나요?"

사금학은 고개를 저었다.

"잡히진 않았다만 정체는 알고 있지."

"그게 누구죠?"

사금학은 잠시 말을 멈추고는 위지극을 응시했다.

위지극은 그가 갑자기 자신을 쳐다보자 이유를 몰랐으나 눈을 피하진 않았다.

"그는 적혈마장에 당했다."

"적존교!"

"적존교?"

사연화의 말에 위지극이 따라 물었다.

그는 적혈마장에 대해 알지 못했다.

다만 적존교가 염상천에 의해 와해됐다는 사실만 사연화에게 들어 알 뿐이었다.

사금학의 눈빛이 가늘어졌다.

"자네는 적혈마장을 모르나?"

"저… 자세히는……."

사금학은 그럴 줄 알았다는 듯 고개를 끄덕였다.

"그렇겠지."

순간 위지극은 울컥했다.

무시하는 듯한 저 말투.

아무리 연배가 높다지만 신경을 박박 긁는 데에야 화가 나지 않을 수 없었다.

"아니, 누가 말을 해줬어야……!"

위지극이 뒤늦게 소리쳤지만 사금학의 말에 가로막혔다.

"어찌 됐든, 그는 적존교의 손에 죽었다."

"그럼 적존교가 이제 드러내 놓고 활동하기 시작했나요? 회에서는 알고 있고요?"

"당연히 알고 있지. 이미 회의를 소집했을 것이야."

사연화는 마음이 급해졌다.

"지금 이러고 있을 때가 아닌 것 같아요. 한시라도 빨리 도착해야……."

"기다리거라."

자리에서 일어나려는 사연화를 사금학이 제지했다.

"우리가 가보았자 당장 할 수 있는 건 없다. 그리고 내 말은 아직 끝나지 않았어."

"……?"

"위덕중이 누구냐? 나름 고수라 자부할 수 있는 실력자다. 그런 그가 그냥 죽었을 리 없지."

"그건 또 무슨 말씀이시죠?"

"무슨 말이냐 하면, 흉수도 몸 성히 끝내진 못했단 뜻이다. 신체의 일부를 남겨놓고 갔거든."

"아, 그런데 그걸 왜 지금……?"

사연화는 말을 하다 말고 순간 멈칫했다.

뭔가를 깨달은 위지극은 옆에 있는 상인을 향해 고개를 돌리고 있었다.

"허허허, 그런 얘길 왜 굳이 지금 꺼내느냐 하면 말이다. 그 흉수가 놓고 간 게 바로 한쪽 팔이었거든."

사금학은 소리 내어 웃으며 천천히 몸을 일으켰다.

"오랜만에 강호에 나왔으면 조심했어야지 그렇게 흔적을 남겨두면 쓰나. 안 그런가?"

마지막 말은 침묵한 채 앉아 있는 다섯 상인에게 하는 것이었다.

그들은 서로 눈빛을 교환하더니 한 명씩 자리에서 일어섰다.

다섯 명의 상인, 그들은 사금학의 말대로 태력검문을 몰살시킨 적포인들이었다.

"누군지는 모르나 예리한 눈을 가지셨군."

"뭐, 그렇지도 않네. 자네는 그런대로 썩 괜찮으나 다른 놈들은 마기를 풀풀 날려대고 있으니 모른 척할 수가 없었거든."

"상관없소. 우리도 굳이 감추려 했던 건 아니니 말이오."

"허허, 그래? 좋아, 좋아. 어찌 됐든 친우의 한을 갚을 수 있게 됐으니 나로선 좋은 일이지."

위지극과 사연화는 상황이 심상치 않게 돌아가자 자리에서 일어났다.

우당탕!

주위에서 갑자기 소란이 일었다.

한바탕 싸움이 벌어질 듯하자 손님들이 너도나도 자리를 피하기 시작했던 것이다.

잠시 후 객잔에는 다섯 명의 상인과 위지극 일행만이 남았다.

"다섯 놈이 한 번에 덤벼들 거냐, 아니면 네놈만 나설 테냐? 어차피 누구 하나 살아서 나가진 못할 테지만 말이다."

"훗, 위덕중도 그런 식으로 말하다 죽었지."

우두머리가 비웃듯이 말했다.

하지만 속으로는 재수가 없다 욕을 하고 있었다.

노인의 정체는 모르나 그는 위덕중의 실력을 잘 알고 있는 듯했다.

하면 자신들의 수준을 능히 짐작할 수 있을 터이다.

그럼에도 저렇듯 승리를 장담하고 있으니 내심 긴장할 수밖에 없었다.

"말은 청산유수구나. 어디 그럼 사십 년 동안 얼마나 실력들이 늘었나 볼까?"

사금학이 출수하려 하자 사연화가 급히 나서서 말했다.

"제가 먼저 겨루어보고 싶은데 괜찮을까요?"

사금학의 표정이 일순 굳어졌다.

"연화야."

"……."
"지금은 비무가 아니다. 물러서라."
그는 차마 적들 앞에서 조카손녀를 나무라진 못하고 조용히 말했다.
그녀는 위덕중이 얼마만한 고수였는지 정확히 모른다.
때문에 상대가 얼마나 강한지도 모르고 있었다.
말을 안 했을 뿐이지 눈앞은 다섯 사람은 결코 녹록한 솜씨가 아니었다.
그랬기 때문에 자신 혼자 나선 것이다.
사연화는 모처럼 맞기 힘든 실전을 치를 좋은 기회라 생각했으나 사금학이 저리 말하자 물러설 수밖에 없었다.
한편 위지극도 사연화와 같은 생각에 조금씩 들뜨기 시작했다.
저들에게 혼원무혼검법을 펼쳐 보고 싶었다.
새로운 무공을 익히고 시험해 보고 싶다는 생각이 드는 것은 무인으로서 당연했다.
그러나 사연화가 아무 소리 못하고 물러나자 차마 입이 떨어지지 않았다.
대신 좋게 생각하기로 했다.
'구경하는 것도 좋은 공부가 될 거야.'
그러자 한결 여유도 생기고 긴장도 풀어졌다.
"엽가."

우두머리의 말에 한 팔이 잘린 엽가가 어슬렁거리며 나오는가 싶더니 한순간 신형이 주욱 늘어났다.

"허."

짤막한 냉소.

 자신을 향해 빠른 속도로 덮쳐 오는 엽가를 보며 사금학은 느릿하게 우수를 치켜들었다.

 묘한 형태다.

 장도 아니고 권도 아닌, 주먹을 반쯤 만든 상태.

 허리 어름까지는 그런 형태를 유지하다 엽가가 지척에 다다르자 날벌레를 쫓듯이 한순간 비스듬히 쳐올렸다.

 펑!

"크악!"

우당탕!

 엽가의 몸뚱이가 공격하던 속도보다 배는 빠르게 튀어나오더니 굉음과 함께 탁자를 부수며 처박혔다.

"어?"

 위지극은 자신도 모르게 소릴 냈다.

 이어 땅에 쓰러진 엽가를 바라봤다.

 그는 처참한 몰골이었다.

 남아 있던 팔은 허리 뒤로 꺾여 돌아갔고, 머리는 부서져 있었다.

 '저 할아버지가?'

위지극은 새삼스런 눈빛으로 사금학을 올려다봤다.

자세히는 모르겠지만 뭔가 엄청난 걸 봤다는 생각이 들었다.

위지극은 놀라면서도 한층 여유를 찾았지만, 그렇지 못한 사람도 있었다.

"강천산수(姜川散手)!"

우두머리가 안색이 대변하여 소리쳤다.

"꽤 예리한 눈을 가졌군."

사금학이 입꼬리가 치켜 올라갔다.

"……!"

우두머리의 이마에 핏발이 섰다.

어찌 자신을 비웃는지 모르랴.

그러나 이번엔 쉽게 대꾸하지 못했다.

상대가 누구라는 걸 알았기 때문이다.

'어째서 이런 허름한 곳에 저 늙은이가 와 있는 거지?'

그가 삼청객잔을 택한 것은 나름 이유가 있었다.

일반적으로 절정고수라 하는 사람들은 부유했고, 묵는 곳 하나에도 신경을 쓰기 마련, 이곳처럼 수준 낮은 객잔은 잘 찾지 않았다.

때문에 혹시나 일어날 불필요한 마찰을 없애기 위해 이곳으로 왔건만 재수없게 걸리고 말았다.

그는 어이없게 죽어버린 엽가에게 시선을 주었다.

'마지막 가는 길에 잘 봤겠지? 저게 바로 네가 말한 구파의 장로 수준이다.'

"뭐 하시나, 이제 제대로 할 마음이 생겼을 텐데?"

사금학이 슬슬 보채기 시작했다.

사내는 입을 굳게 다물었다.

눈앞의 노인은 강호육대세가 중 하나인 금창사가에서도 다섯 손가락 안에 드는 고수.

게다가 손에 사정이라는 게 없어 일간에서는 눈먼 호랑이라는 뜻의 할호(瞎虎)라 불렸다.

도저히 합공으로 극복할 수 있는 상대가 아니었다.

그는 뒤에 있는 세 명에게 눈치를 줬다.

가능성은 희박하지만 합공, 그리고 목숨을 버리란 뜻이다.

어차피 살아나긴 틀렸으니 뭐라도 해야 하지 않겠나?

'아직 사성(四成)에도 이르지 못했지만.'

그는 모종의 생각을 굳혔다.

그가 고개를 돌려 사금학을 다시 쳐다보는 순간 공격이 시작되었다.

쉬쉬쉭!

우두머리는 정면, 두 명은 좌우를 차지했고, 나머지 한 명은 약간 뒤늦게 우두머리의 뒤를 따랐다.

변형된 사방진이다.

"호오!"

사금학의 신형도 움직였다.

그는 크게 한 발 앞으로 내디뎌 우두머리와 가까워지는 듯싶더니 번개처럼 우측으로 돌아가며 좌수를 휘둘렀다.

빠각!

비명 소리조차 없다.

좌익(左翼)의 위치를 차지하고 있던 사내는 그 한 수에 머리가 터져 나갔다.

휘휭!

뒤이어 거센 적혈마장이 허공을 갈라댔다.

하나 사금학의 신형은 그보다 빨랐다.

"느려, 느려."

사금학의 목소리가 저승사자의 음성처럼 울리더니 뒤이어 모골을 송연케 하는 괴음이 뒤따랐다.

쩌걱!

푸아악!

이번엔 우익(右翼)을 맡던 사내의 다리가 잘려진 채 허공으로 떠올랐고, 사방으로 피를 뿌려댔다.

그리고 오히려 처음에 죽은 자보다 더욱 비참한 꼴로 바닥을 뒹굴었다.

사금학은 놀리듯이 우두머리는 상대하지 않고 수하들만 노리고 있었다.

그때 우두머리의 눈빛이 한순간 번뜩였다.

그의 위치는 사연화와 위지극을 마주 보는 자리.

뒤에 사금학이 있고 바로 옆에는 마지막 남은 사내가 있었다.

그는 사금학을 데려가려던 계획을 급히 수정했다.

"금적(禁敵)!"

그가 크게 소리치자 수하가 즉시 대답했다.

"존명!"

소리친 나머지 한 명은 그 즉시 양팔을 곧게 펴며 사금학을 덮쳐 갔다.

아무런 방비도 하지 않은 채 죽여 달라고 하는 꼴이었다.

하나 사금학은 그를 보고 있지 않았다.

명령을 내린 자, 우두머리가 사연화를 노리고 달려들고 있는 게 아닌가!

"이놈!"

사금학의 입에서 노호성이 터져 나왔다.

"비켜라!"

퍼퍽!

연이은 쌍장에 사내의 몸이 터져 나갔다.

하나 지금까지와는 확연히 달랐다.

그의 몸이 튕겨 나가지 않고 그의 시야를 가리며 앞으로 날아왔기 때문이다.

'……!'

사실 사내는 사금학의 쌍장에 당하기 전 스스로 자폭했다.

때문에 그의 갈가리 찢긴 시신이 사금학의 앞길을 방해할 수 있었다.

사연화가 우두머리를 막기 위해 검을 뽑아 들었다.

그리고 막 찌르려는 순간, 이상하게도 그녀는 사내가 자신을 보고 웃고 있다는 착각이 들었다.

하나 그건 착각이 아니었다.

"추사력(湫死力)에 당하는 걸 영광으로 알아라! 하하하!"

사내의 몸이 시뻘겋게 변하며 순식간에 부풀어 올랐다.

"연화야, 피해라!"

사금학은 당도하지 못하자 고함을 질렀다.

위지극도 그 상황을 똑똑히 지켜보고 있었다.

위기를 직감했음인가, 갑자기 선천칠기가 미칠 듯이 용솟음쳤다.

진기가 단전으로 폭포수처럼 모였고, 일시에 우수로 질주했다.

그는 몸이 무엇을 원하는지 알았다.

급히 허리춤에서 검을 뽑으며 사연화 앞으로 나섰다.

"차아앗!"

맹렬한 기합.

우보를 비스듬히 딛는다. 동시에 좌보가 스치듯 뒤따른다.
검은 허리에서 요동치더니 좌로 베어간다.
그렇게 위지극의 손을 따라 검이 커다란 호를 그리려 하는 찰나,
콰쾅!
파파파팟!
사내의 몸이 산산이 부서져 터져 나갔다.
살점과 함께 시뻘건 피가 사연화와 위지극을 덮쳐 갔다.
"안 돼!"
사금학은 목이 터져라 소리쳤다.
저건 검으로 막을 수 없다.
그는 추사력이 무엇인지 알고 있었다.
몸을 폭사시키는 대신 피 한 방울마저 극독으로 만들어 상대와 자멸하는 무공 아닌 무공이다.
분명 사내는 사금학에게 사용하려고 추사력을 모았다.
그러나 여의치 않자 상대를 바꾼 것이다.
만약 처음부터 사연화를 노렸다면 굳이 추사력을 끌어올릴 필요도 없었다.
적혈마장으로도 충분했다.
하지만 이미 끌어올린 추사력은 되돌릴 수 없는 법. 아쉽지만 그대로 사용할 수밖에 없었다.
'아……!'

한편 사연화는 눈앞에서 벌어지는 일에 넋을 놓고 있었다.

시뻘건 핏물이 날아오고 있었다.

피할 곳이 없을 정도로 사방 일 장을 완전히 뒤덮으며 날아오고 있는 핏물.

그때서야 위지극의 검이 완전한 호를 만들어냈다.

그러자,

쉬아아아악!

갑자기 폭풍과도 같은 바람이 객잔에 휘몰아치기 시작했다.

"흐흡!"

"악!"

급히 달려가던 사금학은 두 팔로 얼굴을 가린 채 옆으로 피했고, 사연화는 뒤로 튕겨 나갔다.

그그그긍!

객잔 전체가 흔들리며 뿌옇게 먼지가 떨어져 내리기를 잠시, 결국 진동이 멈추었다.

"도대체 무슨 일이……?"

사금학은 팔을 내리고 주위를 훑어봤다.

흙먼지가 가득한 가운데 위지극의 서 있는 모습이 어렴풋이 보였다.

휘휙.

그가 양손을 휘젓자 자욱하던 먼지가 빠른 속도로 사라졌고, 장내의 모습이 서서히 드러났다.

"이… 이게……."

그는 말을 잇지 못했다.

객잔 바닥이 온통 시뻘건 핏물로 물들었고, 추사력의 강한 독성에 의해 점차 녹아들고 있었다.

그러나 그런 핏물도 위지극에게까지 도달하진 못했다.

마치 그를 기준으로 객잔을 잘라 반만 피칠을 해놓은 듯했다.

반면에 위지극은 검을 비스듬히 내려뜨린 채 눈을 감고 있었다.

"자네?"

그는 차마 핏물을 밟지 못하고 신법을 전개해 그 앞에 도달했다.

사금학의 손이 막 위지극에 닿으려 할 때, 그제야 정신을 차린 사연화가 뛰어왔다.

"극아! 괜찮아?"

위지극을 바라보는 그녀의 눈빛은 심하게 떨리고 있었다.

그의 얼굴이 마치 시체의 그것처럼 창백했기 때문이다.

위지극의 눈이 서서히 떠졌다.

그리고 사연화를 바라보더니 어색한 미소를 지었다.

"너야말로……."

들릴 듯 말 듯한 목소리로 중얼거리던 위지극은 끝내 정신을 잃고 사연화의 품에 쓰러졌다.

 * * *

 천하무림은 외견상으로 두 개의 조직으로 양분되어 있다.
 장강 이북의 북무림회와 이남의 남무림맹.
 하나 이들이 서로 적대 관계인 것은 아니다.
 다만 위치적 특성으로 인해 하나의 조직으로 만들 수 없었기에 그리된 것일 뿐, 당연히 서로 간의 왕래도 있었고 주기적인 모임도 있었다.
 섬서성 한중의 중심부에 자리한 북무림회.
 회 안에서도 가장 심층부라 할 수 있는 만운각(萬雲閣) 삼층에서 회의가 열리고 있었다.
 긴급히 소집된 최고 수뇌 회의다.
 원형으로 된 넓은 탁자에는 대략 스무 명가량이 좌정하고 있었는데, 그들은 각파를 대표하는 자들인지라 옷도 가지각색이었고, 나이 또한 지긋했다.
 그들은 각기 옆자리에 앉은 사람들과 조그마한 목소리로 이야기를 하고 있다가 갑자기 한쪽을 쳐다봤다.
 시선이 모인 그곳엔 막 한 사람이 문을 열고 들어오고 있었다.

나이는 대략 오십 후반, 얼굴은 사각에 짧게 턱수염을 기른 자였다.

또한 거구라 할 순 없으나 일견에도 무골이라 할 만큼 탄탄해 보였다.

그는 들어오자마자 성큼성큼 걸어 가장 중앙의 자리에 착석하더니 가볍게 목례를 했다.

"기다리게 해서 대단히 미안하오."

"별말씀을 다 하시오, 회주."

주위에 있던 누군가가 말했다.

방금 모습을 드러낸 그가 바로 북무림회의 회주인 천향검(天香劍) 혁우상(爀雨愯)이었다.

그는 북무림회주이긴 했으나 전통의 구파일방도, 강호육대세가 출신도 아니었다.

이는 북무림회가 처음 세워질 당시 정해진 규칙 때문이다.

다른 요직은 모두 가능해도 회주만큼은 구파일방이나 강호의 커다란 세가의 인물이 차지할 수 없게 엄격히 제한되었다.

이런 규칙을 정하게 된 이유는 많았지만 그중에서도 가장 중요한 것은 바로 권력의 남용을 막기 위해서였다.

아무래도 하나의 집단에서 회주가 나올 시 팔은 안으로 굽는다는 말처럼 편향된 정책을 펼 수 있기 때문이었다.

혁우상이 중한 안색으로 말문을 열었다.

"오늘 이처럼 모이시라 한 것은 여러분께서도 익히 들으셨겠지만 다시금 강호를 어지럽히는 무리가 나타났기 때문이오."

모두는 조용히 그의 말을 경청했다.

사태의 심각성을 알기에 그 누구도 먼저 입을 여는 사람이 없었다.

그는 좌중에 눈길을 한 번씩 주더니 말을 이었다.

"그들은 사십 년 전에 괴멸된 줄 알았던 적존교이며, 이미 활동을 시작했소."

"흐음."

"음."

곳곳에서 침음성이 들려왔다.

"현재까지 파악된 바로는 피살된 사람만 백오십에 가깝소."

"그렇게나?"

공동파의 대표인 한천자가 믿기 힘들다는 표정으로 되물었다.

"그렇소. 피해자가 많은 것은 무인 외에 그 가족들도 죽임을 당했기 때문이오."

"저런······."

"당한 사람들이 누구요?"

종남의 임주량이 물었다.

혁우상은 그를 넌지시 쳐다보다 고개를 설레설레 저었다.

"아마도 모르시는 분이 많을 것이라 믿소. 그리고 어떻게 이리 많은 사람들이 당했는지도 말이오."

"이런 말씀을 드려도 되겠는지 모르겠소만, 우리 종남에서는 속가를 포함해 적존교와 맞부딪친 제자가 없었소."

임주량이 먼저 말하자 한천자가 뒤를 이었다.

"우리 공동도 마찬가지요."

혁우상은 고개를 끄덕였다.

"그럴 것이오. 더불어 공동과 종남 외에도 여기 모인 분들 가운데 그들과 대적하신 분이 만약 있다 해도 극히 적을 것이오."

좌중이 조금 소란스러워졌다.

피해자가 백오십이나 되는데 가장 강하다고 알려진 구파일방이나 육대세가, 그외 북무림회의 최고 수뇌에 속한 문파가 포함되어 있지 않다니, 상식적으로 이해하기 힘든 일이었다.

"적존교가 이번에 노린 이들은 모두 파적사였소."

"파적사!"

누군가가 소리쳤다.

"그렇소. 파적사. 사십여 년 전 염상천, 염 대협이 만든 조직 말이오. 물론 구파일방이나 세가 내에도 파적사였던 분들은 계시겠소만, 그들을 모두 제외한 채 각기 하나의 문파를 만들었거나 아니면 은거한 이들만 철저하게 노렸소."

"어찌 그런 일이……."

"그들은 다섯 명이 하나의 조를 이뤄 실행에 나섰고, 그렇게 대략 스무 개의 조가 활동한 것 같소. 숫자만으로 보아서는 백여 명. 많다고도 적다고도 할 수 없소. 한데 문제는……."

"……."

"시신들을 조사한 결과, 그들이 펼쳤던 무공이 적혈마장 단 한 가지라는 거요."

"뭐라고요?"

"적혈마장으로 파적사를?"

"당치 않은 소리!"

모두가 놀라 저마다 소리쳤다.

그러나 혁우상의 대답은 확고했다.

"분명하오. 그들은 모두 적혈마장에 당했소."

"어찌 그런 일이 있을 수가 있소. 파적사라면 당시에도 뛰어났을 뿐 아니라 오늘에 이르러서는 고수가 아닌 사람이 없을 정도요. 그런 그들이 적존교도 중에서도 신분이 낮은 교도들이 사용한다는 적혈마장에 당했을 리가……."

"그래서 문제가 되는 것이오."

"허……."

모두는 할 말을 잃어버렸다.

적혈마장.

사십 년 전에도 적혈마장은 있었다.

적존교도가 사용하는 가장 기본적인 무공이 바로 적혈마장이었다.

그런 하급 무공에 파적사가 당하다니……. 당시에도 파적사 중에 희생자가 있긴 했으나 적혈마장 따위에 당한 것은 아니었다.

"하면 적의 규모가 대체 어느 정도요?"

"아직은 모르오. 다만 짐작으로는 예전에 비해 두세 단계의 성취를 이뤘다 봐야 할 듯하오. 무공 자체도 가일층 진보했고 말이오."

"대책은 있는 것이오?"

"대책이라……. 아쉽게도 지금 상태로는 그것 역시 힘드오. 적은 아직 완전히 모습을 드러내지 않았소. 본단이 어디에 위치해 있는지, 총인원이 얼마나 되는지 모르오. 때문에 아직은 그 시기가 아니라 생각하오. 다만……."

그는 잠시 쉬었다가 물을 한 잔 들이켜고는 말을 이었다.

"이런 상황임을 아는 게 중요하오. 곧 위기가 닥치리라는 사실을 인지하고 있는 것, 지금은 그게 중요한 것이오."

사람들은 저마다 고개를 끄덕였다.

오늘 회의가 끝나고 나면 저마다의 문파에 전갈을 넣을 것이고, 전 무림이 적존교가 다시 세상에 나왔음을 알게 될 것이다.

"그리고 한 가지 더 있소."

모든 이들의 시선이 다시 그에게 모였다.

"지난번 회의 때 나왔던 이야기지요."

"혹시 성천 말이오?"

누군가가 먼저 눈치 채고 물었다.

"바로 맞히었소. 불공성천이라 새겨진 시신이 발견된 후 우린 요성향을 피웠소만 한동안 성천에선 사람을 보내오지 않았소."

"그랬지요."

"한데 얼마 전 금창사가로부터 성천의 사자(使者)가 도착했단 소식을 받았소."

"그게 정말이오?"

"잘된 일이군요."

"잘된 일이기는 분명하나, 그게……."

"또 무슨 일이 있는 거요?"

혁우상은 말을 할까 말까 망설이는 눈치다가 못내 입을 떼었다.

"사가주의 말로는 크게 기대를 하지 않는 편이 좋다고 하더구려."

"그건 무슨 말이오? 기대 말라니?"

"나도 정확한 연유는 모르오. 노파심에서 하는 말일 수도 있고, 어쨌든 직접 보면 알게 되겠지요."

비록 대답은 그리했지만, 사실 그는 사가주로부터 자세한 이야기를 들었는지 씁쓸한 표정을 짓고 있었다.

第十一章
북무림회(北武林會)

"그럼 내 다녀오마. 잠시 쉬고 있거라."

북무림회에 도착하자 사금학은 위지극과 사연화를 방에 남겨두고 회주를 만나기 위해 나갔다.

그가 사라지자 사연화는 기다렸다는 듯 위지극을 쳐다보며 빙긋 웃었다.

"어때? 괜찮은 곳이지?"

"응."

위지극은 딴생각을 하고 있는 듯 대충 대답했다.

"대답이 그게 뭐야? 왜 그리 풀 죽어 있는데?"

"몰라서 물어?"

위지극은 양손으로 턱을 괸 채 눈동자만 슬쩍 돌렸다.

"몰라서 묻는다. 왜?"

"휴우! 봐놓고도 그런 소릴 하네."

"뭐? 네가 거기서 기절한 거?"

"잘 알고 있구먼."

위지극의 시큰둥한 말에 사연화는 어이없다는 표정을 지었다.

"그거야 일시에 진기를 소모해서 그런 거잖아. 누구라도 그런 일이 생길 수 있어."

"넌 몰라."

위지극은 아예 눈을 감아버렸다.

생각하면 생각할수록 한심했다.

삼청객잔에서의 그날, 위험을 직감하고 우극탄천을 펼쳤다.

위력도 생각했던 것보다 뛰어났다.

목숨을 건졌으니 혼원무혼검법을 처음 사용한 것치고는 만족할 만한 성과다.

그런데……

정말 무혼의 말대로였다.

단 한 번으로 끝이었다.

혼신의 힘을 다한 일격이란 말인가?

혼원무혼검법은 엄연히 십팔초로 이루어져 있고, 연환되

는 초식이다.

그동안 선천칠기가 늘어난 것도 있고 해서 일말의 기대도 했건만.

기대는 기대일 뿐, 결과는 한 번 휘두르고 기절.

이래서야 어디다 써먹을 수 있겠는가?

만에 하나 상대가 피하기라도 했다면 그대로 황천행이었다.

반면 사금학은 어떤가?

그 가공할 무위. 지금도 눈에 선하다.

그의 손짓 한 번에 적들은 변변찮은 저항도 못하고 나가떨어졌다.

머리가 깨지고 다리가 잘려 나갔다.

한데 사금학은 그런 위력의 무공을 펼치고도 여유로웠다.

무인이란 당연히 그래야만 했다.

"부럽다."

위지극이 무의식적으로 소릴 냈다.

"부러워? 혹시 우리 숙조부님?"

위지극은 부인하지 않았다.

그가 고개를 끄덕이자 사연화는 피식 웃었다.

"왜 웃어?"

"네가 그토록 부러워하는 숙조부님이 너 기절해 있을 때 뭐라 하셨는지 알아?"

"응?"

관심이 이는지 위지극이 숙이고 있던 고개를 번쩍 치켜들었다.

"뭐라 했는데?"

"너 같은 애 처음 본대."

위지극의 표정이 미미하게 찌푸려졌다.

"그게 무슨 소리야?"

"솔직히 말하자면, 널 처음 봤을 때 그리 미덥지 않으셨대. 내공은 있는지조차 모르겠고, 그냥 평범한 사람? 그 정도였대."

위지극은 속으로 움찔했다.

하나 사연화는 눈치 채지 못한 듯 말을 계속했다.

"그랬는데, 지난번에 보여준 그 검법, 숙조부님도 시야가 가려 자세히 보진 못했지만 몸으로는 느낄 수 있었다고 하시더라. 그 무서움을."

"무서워? 그게?"

"응. 직접 상대해 보지 않아 모르겠지만, 막으려면 고생깨나 해야 할 것 같다던데?"

"정말?"

위지극은 어리둥절한 표정이었다.

그 무시무시한 할아버지가 그런 말을 했다는 게 도저히 믿기지 않았다.

"정말이야. 그리고 역시 성천의 무공답게 특이하다고 하시더라고. 뭐, 결론적으로는 널 다시 보게 됐다는 의미지. 어때, 이래도 계속 풀 죽어 있을 거야?"

사연화가 얼굴을 들이밀며 묻자 위지극은 어색한 웃음을 지었다.

"좋게 봐주셨다니 기분은 좀 나아졌지만, 근본적으로 변한 건 없어."

"또 이상한 말 하네. 난 너에 대해 잘 모르지만, 성천에서 왔다는 것 하나만으로도 주목받을 만해."

"우리 마을이 뭐 대단하다고……."

"어머, 무슨 소릴 그렇게 해? 단지 아쉬운 게 있다면 후기지수들 가운데 성천이란 존재를 아는 사람이 거의 없다는 게 조금 그러네. 그렇지 않았으면 사람들이 몰렸을 텐데."

"다른 사람들은 몰라?"

위지극이 놀란 눈빛으로 물었다.

"그래. 한데 그건 네가 더 잘아야 하는 거 아니야?"

"나도 들은 게 없어서. 성천이란 말도 얼마 전에야 들었다니까."

"성천은 원래 북무림회주와 남무림맹주, 그리고 그 측근들만 알고 있어. 요성향을 피우냐 마느냐 하는 것도 그들이 결정하는 거고."

"근데 너는 어떻게 알아?"

"후후, 정말 우연찮게 들었는데, 내가 며칠을 숙부님을 졸졸 따라다녀서 겨우 들었지."

위지극은 알았다는 듯 고개를 끄덕이다 불쑥 물었다.

"혹시 여기에 연공할 만한 장소 있어?"

"물론 있기야 하지. 그런데 지금 하려고?"

"응. 아무래도 께름칙해서."

사연화는 굳이 이런 곳까지 와서, 그것도 도착한 첫날부터 수련을 하려는 위지극이 이해되지 않았다.

물론 도달하고자 하는 목표가 높은 건 알겠으나, 성천으로부터 많은 무공을 배웠을 텐데, 한 번 정신을 잃었다고 너무 민감하게 반응하는 게 아닌가 싶었다.

사실 이는 사연화가 위지극을 모르기 때문에 할 수 있는 생각이었다.

그녀는 막연히 위지극이 굉장히 높은 경지에 올랐을 거라 추측하고 있었다.

염상천처럼 말이다.

때문에 그가 그날 보여준 것은 조그만 일부분에 지나지 않을 것이라 믿어 의심치 않았다.

그녀는 조용히 바라보다 빙긋 웃었다.

"있잖아, 그보다 오늘은 좀 쉬고 내일부터 하는 게 어때? 조금 있으면 저녁이고 꽤 많은 사람들을 볼 수 있을 텐데. 게다가 지금은 숙조부님도 안 계시잖아."

그녀는 무슨 꿍꿍이가 있는지 위지극을 달래기 시작했다.

위지극도 그녀의 말에 일리가 있는지라 더 이상 고집 부릴 수만은 없었다.

"알았어. 그런데 네 표정을 보니 뭔가 내가 모르는 일이 있나 보네? 그렇지?"

"기다려 보면 알아."

그녀의 얼굴엔 묘한 미소가 떠올라 있었다.

그날 저녁, 식사를 마치자마자 사연화는 위지극을 데리고 어디론가 향했다.

그녀는 위지극이 물어도 가보면 안다는 말만 되풀이하고 설명해 주지 않았다.

이윽고 그들이 도착한 곳.

사방이 훤히 뚫린 망루처럼 생긴 커다란 전각이었다.

단층으로 이뤄졌음에도 천장까지의 높이가 대략 오 장은 되어 보이는 그곳엔 약 사십여 명의 사람이 삼삼오오 모여 있었다.

안은 여러 곳에 불을 밝혀 대낮처럼 환했으며, 사람들은 끼리끼리 이야기를 나누느라 분주한 모습이었다.

한데 특이하게도 그들은 모두 이십대 안팎의 젊은이들이었다.

"여긴 뭐 하는 곳이야?"

위지극이 조용히 물었다.

"소개시켜 줄 사람들이 있어서."

그녀는 어물거리는 위지극을 데리고 안으로 들어섰다.

그들이 들어서자 시끄럽던 사방이 점차 조용해지더니 어느 순간 정적이 흐르기 시작했다.

사연화는 그러거나 말거나 위지극을 이끌고 사람들 사이를 지나더니 어느 탁자 앞에 이르렀다.

"어? 언니!"

"연화야."

그곳엔 이남이녀가 있었는데 그중 한 소녀와 청년이 사연화를 알아보고는 자리에서 일어섰다.

"역시 와 있었구나."

사연화가 웃으며 여인의 손을 잡았다.

"오랜만이네. 한 달도 넘은 것 같아. 그동안 어디 있었어?"

"본가에서 잠시 쉬었어."

"아팠어?"

여인이 걱정스런 눈빛으로 묻자, 사연화는 설레설레 고개를 저었다.

"아니, 딱히 아파서 그런 건 아니고……."

그녀는 말을 얼버무리다 급히 화제를 바꿨다.

"그보다 오늘 소개시켜 줄 사람이 있어."

그녀의 말에 네 사람의 시선이 모두 위지극을 향했다.

위지극은 갑자기 주목을 받게 되자 머쓱해져 사연화의 옆구리를 툭툭 쳤다.

그러나 사연화는 모른 척하고 말을 계속했다.

"이쪽은 우리 집에 객으로 있는 위지극이라고 해. 이번에 회에 일이 있어 함께 오게 됐어. 그리고 이쪽은 나와 같이 인청각에 속한 소유아(佋柳娥)."

이어 그녀는 나머지 세 사람을 모두 소개했다.

또 다른 한 명의 여인은 팽난설로, 육대세가인 하북팽가 출신이었으며, 남자들은 금산청과 위도곡으로, 각기 종남과 공동의 제자였다.

그리고 금산청과 위도곡 역시 소유아처럼 인청각에 속한 무인들이었다.

위지극은 사연화가 갑자기 여러 사람을 소개시켜 주자 다소 당황하기는 했지만 사람 만나는 것을 딱히 싫어하지도 않을뿐더러, 상대와 나이 차도 많아 보이지 않자 다행이라는 생각이 들었다.

그들 중 가장 나이가 많은 금산청이 입을 열었다.

"연화야, 사가에서 객을 뒀다는 말은 처음 듣는데 자세히 말해줄 수 있어?"

"극이는 저희 큰백부님 친구의 손자로 그분이 멀리 떠나시기에 당분간 본가에서 함께 지내게 되었죠. 그러다가 때마침 북무림회에 가보고 싶다고 해서 함께 왔어요."

'내가 언제?'

위지극이 매섭게 사연화를 노려봤다.

거짓말을 저처럼 자연스럽게 하다니 깜빡하면 자신도 속아 넘어갈 정도였다.

"그래? 하면 이분의 조부께서도 역시 무인이시겠네?"

"그렇긴 하지만, 은거에 드신 지 오래돼서 말씀드려도 잘 모르실 거예요."

"흐음, 하긴 확실히 위지라는 성을 쓰는 절정의 고수는 생각해 내기가 쉽지 않아."

금산청은 고개를 주억거리다가 갑자기 뭔가를 깨닫고는 급히 위지극에게 사과했다.

"아, 물론 내가 기억을 못하는 것뿐이지 아예 없다는 뜻은 아니니 오해하진 말구려, 친구."

위지극은 아무 생각 없이 듣고 있다가 얼떨결에 대답했다.

"아닙니다."

위지극이 사연화에게 귓속말을 했다.

"저 금산청이란 사람, 원래 말투가 저래? 너무 아저씨 같은데?"

사연화는 피식 웃었다.

"응. 원래 그래. 그래도 금방 익숙해질 거야. 사람도 괜찮고."

"그래 보이네."

"언니!"

그 모습을 지켜보던 소유아가 소리쳤다.

"뭘 귓속말을 하고 그래? 혹시 두 사람 이상한 사이는 아니지?"

사연화는 급히 정색을 했다.

"절대 아니야. 사실 극이를 안 지도 얼마 되지 않았다고."

"그런데……."

두 사람의 대화 중에 위지극이 끼어들었다.

"여긴 뭐 하는 데야? 아까부터 물어봤는데 통 대답을 안 해 주네."

위지극의 관심은 오로지 그것뿐인 듯했다.

사연화는 내심 달콤한 기분을 느끼고 있던 차였는데, 위지극에 의해 대화가 끊기자 곱게 한번 흘겨봐 주고는 입을 열었다.

"여긴 우리처럼 후기지수들이 오는 곳이야. 나나 여기 있는 유아처럼 북무림회에 직접 속한 사람이 제일 많이 찾지만, 때로는 회의에 참석 차 오는 윗분들과 함께 온 사람도 들르지. 난설이처럼."

"그래? 그런데 왜 이리 나를 곱지 않은 눈으로 보는 사람이 많은 것 같지? 착각일까?"

그 말에 자리에 있던 모두가 주위를 둘러봤다.

과연 아닌 게 아니라 그런 시선들이 눈에 띄었다.

그들은 대부분 남자들이었다.

물론 위지극을 바라보는 여자들도 있었으나 그들의 눈빛은 또 달랐다.

"이보게, 친구."

이번에도 금산청이었다.

위지극은 그가 무슨 말을 하려나 싶어 귀를 기울였다.

"아마도 자네는 자네의 조부처럼 은거해 있느라 잘 모르는 듯하이."

"뭐를요?"

위지극이 퉁명스럽게 물었다.

"에, 뭐냐면 말일세. 자네 혹시 사랑을 해본 적이 있는가?"

"……?"

이건 또 뜬금없이 무슨 소린가?

위지극은 고개를 저었다.

그러자 금산청이 부드러운 미소를 떠올린 채 계속했다.

"밤에 번화가를 지나가 본 적은 있는가? 아니면 기루에 가본 적은? 혹은 무림대회처럼 많은 사람이 모인 곳은? 여인들이 많이 드나드는 다루(茶樓)는?"

위지극은 계속해서 고개를 저어댔다.

태평촌에 그런 것이 있을 리 없었다.

"내 그럴 줄 알았네."

"네?"

"그러니 지금의 시선이 무엇인지 모르는 게야. 아마 자네를 제외하고는 모두들 알고 있을 거네."

위지극은 어리둥절해서 옆에 있는 사연화에게 속삭이듯 물었다.

"무슨 말이야, 저게?"

"직접 물어봐. 나한테 그러지 말고."

"솔직히 말하자면 난 자네가 처음 들어올 때 무척 놀랐다네."

"……?"

"마치 옥으로 빚은 사람이 걸어오는 줄 알았단 말일세. 하하하! 자네처럼 잘생긴 사람은 처음이야, 처음. 아마 모르긴 해도 어딜 가나 주목받을 거야. 특히 여기서 나가 태화원이라는 곳엘 가면……."

"오라버니!"

"형님!"

그가 엉뚱한 말을 하려 하자 주위에 있던 사연화와 위도곡이 소리쳐 말렸다.

어쩌면 저런 닭살 돋는 말을 얼굴빛 하나 변하지 않고 할 수 있을까?

듣고 있는 사람이 무안할 지경이었다.

"아, 아, 내가 또 실언을 했구먼. 어찌 됐든, 요는 그걸세. 남자들은 질시, 여자들은 관심. 바로 이거지. 이제 내 말 알겠는가?"

"아니오."

위지극은 정말 그가 무슨 소릴 하는지 도통 알아들을 수가 없었다.

뭐가 옥으로 빚고, 왜 주목받는단 말인가?

잘생겼다고? 누가?

행여 그렇다고 해도 그게 뭐 그리 중요한가?

사람을 얼굴만 보고 판단하는 건 그리 달갑지 않은 일이었다.

"그래도 몰라? 허허, 거참."

"됐어요. 실없는 소리 마요."

보다 못한 사연화가 나섰다.

"어허, 연화야. 나도 눈치는 있는 사람이니 이만 하지. 하나 나야 별 상관 없지만 이쪽의 도곡은 조금 마음이 아플지도 모르겠네."

"형님!"

그가 또 무슨 소릴 하려 하자 위도곡이 울상을 지으며 그의 팔을 붙잡았다.

"연화야, 형님 말에 너무 신경 쓰지 마. 항상 이러시잖아."

"내가 뭘 어쨌다고 이 난리들이야. 난 진실을 얘기하는 것뿐이라고."

금산청은 팔을 뿌리치려 했으나 위도곡은 놓아주지 않았다.

그렇게 상황이 점점 난장판으로 흘러가려 하자 위지극이 다시 말을 꺼냈다.

"결국 미움받고 있다는 뜻이군요."

"미움이란 말은 옳지 못하지. 다만 저들은 초조하고 경계할 뿐이야."

"굳이 경계할 것까지는 없는데."

"그거야 자네에게 달렸지. 한데 말일세. 자네하고 연화하고 싸우면 누가 이기는가?"

"네?"

위지극은 전혀 예상치 못한 질문에 당황한 기색이 역력했다.

"은거고인을 조부로 뒀으면 자네 역시 무공을 익혔을 게 아닌가?"

위지극은 대답 대신 사연화를 바라봤다.

그녀가 시작한 거짓말이었으니 해결해 달라는 눈빛이었다.

"왜 이상한 걸 물어보고 그래요?"

그녀가 톡 쏘아붙이자 금산청이 손을 내저었다.

"난 너한테 물어보지 않았다. 이 친구에게 물어봤지. 어때, 누가 이기나?"

사연화는 금산청이 자기 말을 들은 체 만 체하자 성이 나려 했으나, 비교적 차분하게 대답했다.

"제가 져요."

"뭐?"

그제야 금산청의 고개가 돌아갔다.

"네가 진다고? 이거, 이거, 큰일 났구먼."

금산청은 커다란 손으로 위지극의 어깨를 마구 두드렸다.

"무공이야 그렇다 치고, 저 지기 싫어하는 연화가 졌다고 하는 것으로 보아 자네는 이제 고달프게 될 거야."

그는 계속 두드리며 말했다.

"왜냐하면 말이네. 꽤 오래전에 저 아이와 비무를 할 때였지. 내가 거의 다 이기려 하자 느닷없이 검을 던지지 않는가? 금창사가의 무공 중에 비검술이란 없는데 말일세. 단단히 화가 났던 모양이야. 그 이후로 얼마나 한판하자고 닦달을 해대는지 내 도망 다니느라 한동안 고생했다네. 하하하!"

위지극은 사연화에게 그런 모습이 있으리라고는 생각지 않았는데, 금산청의 이야기를 듣게 되자 그녀가 새삼스럽게 느껴졌다.

"정말이야?"

"아, 아주 오래전 이야기야. 철없을 때."

위지극은 조용히 웃었다.

'나만 지기 싫어하는 게 아니었군.'

왠지 마음이 편안해졌다.

같은 경험이 있는 사람을 보니 위로가 됐다.

말은 안 하지만 아마 저들도 비슷할 것 같았다.

사실 무인치고 지기 좋아하는 사람이 어디 있겠는가?

다섯 사람이 그렇게 이야기를 나누고 있을 때, 사십여 장 밖에서 이를 지켜보는 이들이 있었다.

"혹시 성천에서 왔다는 사자가 저 푸른 옷의 아이인가?"

"맞습니다."

두 사람은 회주인 혁우상과 방사담(龐砂潭)이었다.

방사담은 북무림회의 군사이자 두뇌 역할을 하는 자로, 깨끗한 외모에 사십 중반의 나이였다.

"흐음."

혁우상은 위지극을 유심히 쳐다보다 낮은 침음성을 흘렸다.

"무슨 이상한 점이라도……?"

"아니야. 오히려 너무 자연스러워서 그러네."

"실망하셨군요."

"저 아이에게 기대하지 말라는 사가주의 말을 자넨 어찌 생각하나?"

"그의 눈을 의심치는 않습니다. 다만……."

"말해보게."

"섣부른 판단을 내려선 안 된다고 봅니다."

"왜인가?"

방사담은 혁우상과 눈을 마주쳤다.
그리고 조용히 대답했다.
"성천이기 때문입니다."
혁우상의 얼굴에 한줄기 미소가 떠올랐다.
"그렇군."
그 말이면 족했다.
성천!
누가 만들었는지, 인원은 얼마나 되는지, 그들이 가진 무공이 무엇이고 어느 경지에 이르렀는지 그 무엇도 가늠할 수 없다.
"그리고 아이와 함께 온 사금학의 말은 또 달랐습니다."
"뭐라 했더라……? 가만히 지켜보자고?"
"그렇게만 말했지요. 하지만 아무래도 저 아이의 새로운 모습을 발견한 듯싶습니다."
"새로운 것?"
"무공 말입니다. 오는 도중 적존교의 무리와 만났다고 했지 않습니까? 아무래도 그때 무슨 일이 있었을 겁니다. 그는 자신이 해결했다고 했지만."
"저 아이가 직접 손을 썼단 말이로군."
"아마도 그럴 것입니다."
"그래서 처음엔 기대하지 말라고 했다가 지켜보자로 말이 바뀌었다? 일리있군그래."

"어쩌시겠습니까?"

"일단은 사금학의 말대로 하지. 지금 저 아이와 이야기를 나누는 무리가 인청각에 있는 애들이지?"

"그렇습니다. 그를 데려온 사연화도 그곳 소속입니다."

"그래, 그럼 저 아이를 빠른 시일 내에 인청각에 소속시키게."

"말들이 많을 텐데요."

인청각은 젊은 무인들 가운데에서 가장 뛰어나야만 들어갈 수 있는 곳.

누군지도 모르는 자가 느닷없이 들어온다면 반감이 생길지도 몰랐다.

"그걸 해결하는 것도 저 아이의 능력이겠지."

"그럼 그리 조치하겠습니다."

혁우상은 고개를 끄덕이다가 조그맣게 한숨을 내쉬었다.

그리고서도 한참 만에야 조용히 물었다.

"혹 조영이는 어디 있는지 아나?"

방사담은 잠시 그의 눈치를 살피더니 대답했다.

"작은공자께서는 사취암(思取巖)에 드셨습니다."

"불쌍한 녀석."

"회주, 너무 심려치 마십시오. 공자께서도 노력하고 있지 않습니까?"

"나도 아네. 아비의 기대를 만족시키려 고생하는 모습을 보니 마음이 편치 않아."

혁우상에게는 두 명의 아들이 있었다.

형인 혁노영과 동생인 혁조영.

혁노영은 가히 천재라 할 만큼 무공에 대한 자질이 뛰어났다.

과연 회주의 아들답다며 사람들이 모두 치켜세웠다.

반면 혁조영은 그 반대였다.

마치 모든 자질을 형에게 빼앗기고 태어난 듯했다.

형이 삼 일 만에 깨우친 것을 석 달이 걸려도 붙잡고 있기 일쑤였다.

노력을 하지 않아서 그랬다면야 야단이라도 치련만, 죽을 만큼 애를 써도 결과가 없으니 혁우상으로서도 답답하기만 했다.

아니나 다를까, 오늘도 연공실인 사취암에 들어갔다지 않은가?

"큰 그릇은 늦게 만들어진다 했으니, 옛말이 틀리진 않을 것입니다."

"나도 그랬으면 좋겠네."

혁우상은 방사담의 말을 위안 삼으며 발길을 돌렸다.

* * *

산 정상에 자리 잡은 사방 육 장가량의 누각(樓閣).

붉은 도포를 걸친 사십 후반의 중년인이 뒷짐을 진 채 산 아래를 굽어보고 있었다.

그의 눈은 깊이 침잠되어 있으면서도 문득문득 붉은빛을 내보였고, 산악처럼 서 있는 모습에서는 강인함이 묻어 나오고 있었다.

잠시 후, 천을 두른 회의인이 누각에 들어섰다.

"교주님."

"말하라."

중년인은 고개조차 돌리지 않았다.

"파적사를 처리했습니다."

"피해는?"

"여덟이 죽었습니다."

"여덟이라……."

그제야 중년인이 신형을 돌려세웠다.

"생각보다 많군."

천에 가려져 얼굴이 보이진 않았지만 회의인의 입가에 언뜻 미소가 떠올랐다.

"파적사는 쉽게 볼 사람들이 아닙니다. 그런 파적사 스물넷을 상대하는 데 적오단원(赤五團員) 여덟이면 꽤 괜찮은 결과라 봅니다."

중년인은 그를 내려다보다가 나지막하니 입을 열었다.

"사사(死士)."

"말씀하십시오."

"여덟이면 많은 거야."

"……."

"파적사라고 해도 다 같은 파적사가 아니야. 이번에 처리한 자들은 쉴 만큼 쉰 사람들이니까 말이다."

사사라 불린 회의인은 두 손을 모으고 공손히 고개를 숙였다.

"제가 실수를 했군요. 용서하시기 바랍니다."

파적사라 해도 명문대파에 속한 자들도 있고 아닌 자들도 있다.

이중 이번에 노린 자들은 모두 후자에 속했으니 상대적으로 약할 수밖에 없었다.

"됐다. 그보다 다음 일은 차질없이 준비되고 있나?"

"계획대로입니다. 한데 교주님."

그는 잠시 쉬었다 조심스럽게 말을 이었다.

"그대로 실행해도 되겠습니까?"

"걱정되나?"

"오래 참으셨으니 좀 더 느긋하게 진행하셔도 괜찮지 않겠습니까?"

그 말에 중년인은 눈을 감았다.

그는 사십오 년 만에 다시 강호에 나타난 적존교의 교주 우백(霓伯)이었다.

그의 아버지 전대 적존교주는 염상천에게 패한 후 교를 해산하라 명하고 은거해 버렸다.

당시 우백의 나이 아홉. 그 이후 그는 아버지를 보지 못했다.

아마도 한을 안고 외롭게 죽어갔을 게 분명하건만 너무나 어려 아무것도 알지 못했다.

그는 가까스로 살아남은 오대봉공 중 한 명인 흑천검마(黑天劍魔)의 손에서 길러졌다.

흑천검마는 교에 헌신적이었다.

때문에 교를 해산시키지 않고 살아남은 자들과 우백을 데리고 깊이 숨었다.

이후 그는 적존교를 키우는 한편 새로운 무공을 찾아 노력했다.

염상천은 이미 모습을 감췄지만, 한 번의 패배를 겪고 난 후 교의 무공에 모자람이 있다는 사실을 뼈저리게 느꼈기 때문이다.

결국 그는 오랜 노력 끝에 이전 적존교의 무공과는 차원이 다른 절세신공을 찾아냈다.

육백 년 전 강호를 공포로 몰아넣었던 오극신마(五極神魔).

바로 그가 남긴 무공이었다.

그는 교로 돌아와 우백에게 이를 익히게 하는 한편 교의 무공을 한층 더 발전시켰다.

 그러기를 사십 년. 결국엔 지금과 같은 적존교를 만들어냈다.

 하나 아쉽게도 정작 자신은 강호에 다시 나서지 못한 채 세상을 떠나고 말았다.

 우백은 복수를 해야만 했다.

 아버지에 대한 복수.

 그리고 흑천검마의 복수.

 흑천검마는 저승에서나마 복수를 간절히 바라고 있을 터였고, 이제 그 서장이 열리려 하고 있었다.

 우백의 눈이 떠졌다.

 "오래 기다렸으니 이젠 나서야 할 때야. 하나도 남김없이 피로 씻어낼 것이다."

 그의 음성엔 은연중에 심장을 오그라들게 하는 마기가 묻어 나오고 있었다.

 "사사, 두렵나?"

 "그럴 리 있겠습니까?"

 당연히 두렵지 않았다.

 적존교의 힘을 누구보다 잘 아는 그였다.

 "그러면 계획대로 진행하도록 해."

 "명을 받들겠습니다."

 사사는 정중히 예를 취하고는 누각을 내려갔다.

그가 사라지자 우백의 시선이 다시 산 아래를 향했다.

방금 전까지만 해도 뿌옇게 산을 덮고 있던 구름이 서서히 걷히고 있었다.

'저 구름처럼 너희들의……'

우백은 상념을 하다 말고 갑자기 뒤로 돌아섰다.

그 앞엔 여자아이가 서 있었다.

"돌아왔느냐?"

"그래요. 왔어요."

그녀는 잔뜩 인상을 찌푸리고 있었지만, 오히려 그런 모습이 더욱 귀여워 보이는지 우백의 얼굴에 한줄기 미소가 떠올랐다.

"안 좋은 일이 있었느냐?"

"많았어요. 아주 많이."

그녀가 한 걸음 다가서자 우백은 흠칫하여 한 걸음 물러섰다.

"누가 우리 귀여운 희명이를 못살게 굴었지?"

"누구긴요. 다름 아닌 아버지잖아요."

"내가?"

"흑령한테 저하고 혼인시킨다고 하셨다면서요? 정말이에요?"

우백은 겸연쩍은 듯 헛기침을 했다.

천하의 누구도 두렵지 않지만 오직 딸만은 예외였다.

"흑령은 괜찮은 녀석이다. 교에 대한 충심도 두텁고 그 나이에 령에 올랐을 정도로 무공 또한……."

"싫어요!"

"어허, 화만 내지 말고 아비 말을 차근차근 들어봐라."

하나 우희명은 찬바람이 일 정도로 획하니 고개를 옆으로 돌렸다.

"흥, 들을 필요도 없어요. 누가 아버지 속을 모를 줄 알고?"

"내가 무슨 뜻이 있다고 그러느냐?"

"그 녀석, 검마 할아버지의 손자잖아요. 은혜 갚는 셈 치고 저를 시집보내려 하는 거 다 알아요."

"물론 그분의 은혜야 이루 말할 수 없지만 어찌 너보다 소중하겠느냐?"

"그럼 왜 그러시는데요?"

"그러니까… 그건……."

우백이 적당한 말을 찾지 못해 얼버무리자, 우희명은 입을 삐죽였다.

"거봐요. 역시 내 생각이 맞았어. 아무튼 전 그 녀석한텐 시집 안 가요."

"희명아."

우백이 갑자기 부드러운 목소리로 불렀다.

"왜요."

"혹시 마음에 두고 있는 사람이라도 생겼느냐?"

그녀는 움찔하며 아버지를 쳐다봤다.

그러나 곧 도리질을 쳤다.

"없어요."

"흐음, 만약 그렇다면 이 아비와 약속을 하자."

"……?"

우희명은 그를 빤히 쳐다봤다.

"앞으로 일 년 안에 네가 좋아하는 사람을 데려온다면 내 허락해 주마."

우희명이 눈을 반짝였다.

"정말요?"

일 년이면 길다고는 할 수 없지만, 사랑하는 사람을 찾기에는 충분한 시간이었다.

"정말이고말고. 단!"

그 말에 우희명의 표정이 갑자기 싸늘해졌다.

마치 그러면 그렇지 하는 얼굴이었다.

"조건이 있다."

"조건없인 안 돼요?"

"안 된다!"

우백은 단호했다.

우희명은 그냥 더 듣지 말고 돌아가 버릴까 생각하다가 슬그머니 물었다.

북무림회(北武林會) 69

"그게 뭔데요?"
"강해야 한다."
"어느 정도로?"
"적어도 나보단 강해야지."
"……"
우희명은 잠시 할 말을 잃고 멍하니 그를 바라봤다.
그러다가 어느 순간 빽! 하고 소릴 질렀다.
"악! 지금 그걸 말이라고 해요?"
하나 우백은 태연했다.
"찾아보면 있을 게다."
"그럼 나보고 북무림회주나 남무림맹주 같은 늙은이들과 결혼하라는 거예요?"
"희명아."
갑자기 우백의 목소리가 엄숙해졌다.
"그들로는 부족하지. 설마하니 이 아비가 그 정도밖에 안 되겠느냐?"
"어이구, 어련하시겠어요? 두 사람이 합쳐도 안 되겠죠."
"바로 보았다."
"이그."
우희명은 더 이상 말해봐야 입만 아플 것 같았다.
이런 상황에선 설득이고 뭐고 없었다.
아예 흑령하고 결혼시키려고 작정을 한 게 틀림없었다.

'됐다, 됐어. 내가 말을 말아야지.'

그녀가 막 신형을 돌리려는 순간, 문득 스치는 생각이 있었다.

'가만……'

그녀는 잠시 고개를 갸웃거리다 다시 우백을 쳐다봤다.

"아버지, 방금 하신 말씀은 농담으로 생각하고요. 그럼 이건 어때요?"

"농담 아니……"

"흑령! 흑령보다 강한 사람, 이건 어때요? 공평하잖아요."

우백은 말을 하려다 말고 잠시 멈칫했다.

그리고는 야릇한 미소를 지었다.

"흑령이라……. 쉽게 찾겠느냐?"

"못 찾을 것도 없죠."

"그래? 그럼 그렇게 하려무나."

우희명은 아버지가 너무 쉽게 허락한 게 아닌가 미심쩍었지만, 적어도 처음 말한 것에 비하면 훨씬 쉬워 보였다.

"좋아요. 그럼 그렇게 약속한 거예요? 나중에 딴말하기 없기."

"너야말로 나중에 딴말하기 없기다."

우희명은 크게 고개를 끄덕이고는 누각을 내려갔다.

그녀가 시야에서 사라지자 우백의 얼굴에 떠올라 있던 미소가 더욱 짙어졌다.

'걸려들었구나, 이놈. 네가 뛰어봤자 이 아비 손바닥 안이지.'

그는 흩어지는 구름을 유유히 바라보고 있었다.

第十二章
사취암(思取巖)

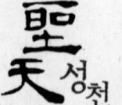

"에효, 머리야."

위지극은 뒷머리를 어루만지며 사취암에 들어섰다.

어제저녁 처음으로 술을 마셨다.

그 탓인지 이른 아침부터 잠을 이루지 못하다 해가 뜨자마자 방을 나섰다.

시원한 아침 공기를 맞으면 나아질까 해서였다.

그러나 숙취라는 게 공기만 맑다고 해서 나아지는 것은 결코 아니었다.

결국 위지극은 이왕 나온 김에 사연화로부터 어제 들은 연공실에나 가보기로 결정했다.

'그나저나 재미는 있었는데.'

위지극은 어제 일을 생각했다.

그와 함께 술을 마신 다섯 사람.

소유아는 발랄하니 귀여웠고, 금산청은 진지하면서도 우스꽝스러웠으며, 위도곡과 팽난설은 착해 보였다.

또한 위지극이 느낀 바로 금산청은 팽난설에게 마음이 있는 듯했고, 위도곡은 사연화에게 연정을 품고 있어 보였다.

처음엔 조금 어색했지만 이야기를 하며 술을 들다 보니 어느새 편한 사이가 되어버렸다.

문득 술이란 이런 효능이 있어 어른들이 좋아하는 건가 하는 생각도 들었다.

하지만 어제 좋은 일만 있었던 건 아니다.

주위에 있던 무리 중 몇몇이 위지극을 찾아왔었다.

기분이 나쁘다는 이유였는데, 위지극으로서는 왜 그들이 기분이 나쁜지 알 수 없었다.

개중에는 비무를 하자고 덤비는 청년도 있었다.

위지극은 반응하지 않았다.

그가 나설 필요가 없었다.

사연화와 금산청이 불같이 화를 냈기 때문이다.

금산청은 나름 확고한 위치에 있었는지 그가 나서자 사태는 오래가지 못하고 곧 마무리되었다.

위지극은 그가 이들 중 가장 고수 축에 속한다는 사실을 이로써 짐작할 수 있었다.

'여기도 힘인가?'

위지극은 무력이 중요하다는 사실을 다시금 깨달았다.

만약 비무가 벌어졌다면?

겁은 나지 않지만 승리를 장담할 순 없다.

객잔에서의 한 번의 결투로 자신의 실력을 깨달았기 때문이다.

더욱 의지가 솟구쳤다.

그 결과가 바로 이른 아침부터 사취암으로 향하는 자신이었다.

"여긴가?"

위지극은 사취암이라 현판이 걸린 돌무더기를 바라보았다.

"어째 연공실치고 허술해 보이네."

그의 말대로다.

사취암은 돌을 쌓아 만든 연공실로, 밖에는 지키는 사람조차 없었다.

그래도 예의상 장부를 기록한다든지 하는 관리자 정도는 있어야 할 게 아닌가?

하나 사실 이는 당연한 것이었다.

북무림회에 정식으로 가입되어 있는 이들이 사용하는 연

공실은 따로 있었다.

그곳은 당연히 시설도 좋고, 매일 관리하는 사람이 따로 있었다.

반면 사취암은 그렇지 못한 이들, 즉 일시적으로 머무는 사람이거나 방문객이 이용하는 연공실이었다.

그러니 사취암에 드는 무인은 극히 드물었다.

안에 들어서자 빛이 들어오긴 했지만 어둑어둑해 음산한 분위기가 풍겼다.

그래도 다행인 점은 비교적 넓다는 것.

그렇지 않았더라면 답답해서라도 못 있을 만한 곳이었다.

안은 삼 장가량의 중앙이 비어 있고, 사방으로 네 개의 방이 위치한 구조였다.

방을 나누는 문은 나무였으며, 거기엔 방 이름이 적혀 있었는데 낡아서 잘 보이지도 않았다.

"실망하지 말라던 의미가 이거였나?"

어제 사연화는 위지극에게 사취암의 위치를 알려주면서, 아무나 드나들 수 있는 곳이어서 내가 연공하기에 적당하다고 하면서도 혹 실망할지 모른다고 했다.

과연 아무나 오는 곳이어서 그런지 허술하기 짝이 없었다.

위지극은 가장 동쪽에 위치한 방문을 슬쩍 열었다. 한데,

"누구세요?"

안으로부터 목소리가 들려왔다.

'헉! 뭐야? 사람이 있었어?'

위지극은 너무나 놀라 심장이 떨어지는 줄 알았다.

"아, 아니, 죄송합니다. 아무도 없는 줄 알고……."

"괜찮아요, 들어와도."

"네?"

위지극은 급히 문을 닫다 말고 멈췄다.

'잘못 들었나? 지금 나보고 들어오라고 한 건가?'

연공실이 무슨 친한 이웃집도 아니고 이렇게 들어오라 해도 되는 건가?

위지극은 잠시 멍하니 있다가 정신을 추스르고는 다시 말했다.

"아니, 방해할 생각이 있었던 건 아니고……."

"괜찮다니까요. 심심해서 그래요."

위지극은 순간 망설였다.

들어갈까 말까?

들어가고 싶은 생각도 있었다. 무엇보다도 그가 누구일지 궁금했다.

왜 이른 아침부터 이런 어두침침한 연공실에 있을까?

그리고 연공실에 왔으면 무공 연마에 힘을 쏟아야지 심심하다는 건 또 웬 말일까?

하지만 위지극에겐 그런 호기심보다 급한 게 있었다.

바로 자심연도의 마무리.

하루 만에 될지 안 될지 모르지만 그는 오늘 단단히 마음먹고 나왔다.

"저, 이번엔 안 되고, 다음에 찾아뵐게요."

위지극은 뭔가 자신의 말이 이상하다는 것을 느끼면서도 조용히 문을 닫았다.

안에서는 대답이 들려오지 않았다.

아무래도 실망했나 보다.

그렇게 위지극이 막 돌아서려 할 때였다.

"내 이름은 혁조영이에요. 그쪽은?"

다시 안에서 목소리가 들려왔다.

"위지극입니다."

"처음 듣네요."

"그게… 어제 처음 와서……."

"오늘은 만나서 반가웠어요. 그럼 다음에 정식으로 인사해요."

"네, 네."

위지극은 자기도 모르게 허리를 굽실거리며 뒤돌아섰다.

'하, 이거야 원. 그냥 확 열고 확인해 보고 싶네.'

위지극은 갑자기 궁금증이 와락 치밀었다.

그렇지만 금세 고개를 저었다.

'안 되지, 안 돼. 그래도 참아야지. 나중에 연화에게 물어보면 누구인지 알 수 있을 테니까.'

북쪽 방으로 들어간 위지극은 가부좌를 틀고 앉았다.

실상 자심연도를 익히는 데 있어 가부좌는 필요없었으나 되도록 정석을 따르고자 한 마음에서다.

하루하루를 예측할 수 없는 게 사람의 마음이라 했던가?

위지극도 이를 벗어나지 못했다.

불과 얼마 전만 해도 쓸 만한 초식을 얻고자 했던 그였지만, 지금은 또 변했다.

초식은 얻었다.

그러나 내공이 없이는 사용하지 못한다는 사실 역시 알게 되었다.

해서 지금은 자심연도를 연공하려 했다.

위지극은 눈을 감았다.

그리고 선천칠기를 조금씩 끌어올리기 시작했다.

일곱 군데에 간직된 선천칠기는 어느새 묵직해져 있었다.

선천칠기가 단전을 향해 급속도로 질주한다.

아니, 빨려 들어간다.

단전에서 만난 칠기가 오랜만에 만난 친구인 양 서로 뒤섞인다.

위지극의 손이 천천히 바닥을 향했다.

그의 장심이 돌바닥에 닿자 단전에 모인 선천칠기가 팔을 타고 손끝으로 내달렸다.

사취암(思取巖)

그리고,

쿵!

위지극의 어깨가 한차례 들썩였다.

그동안 모인 진기가 위지극의 몸을 빠져나와 바닥으로 사라졌다.

'이제 한 번.'

다시 선천칠기를 모은다.

그리고 똑같은 절차를 거쳐 바닥으로 내보낸다.

이것이 혼원무흔검법을 익힌 후 새로 터득한 자심연도의 수련법이었다.

어떻게 보면 간단하기 짝이 없다.

그러나 실상은 전혀 그렇지 않았다.

위지극이 처음 자심연도를 시작했을 때, 세 번 진기를 휘돌리긴 했으나 그때는 자연적으로 시간이 되어 사라지길 기다린 것이었다.

때문에 몸에 큰 무리가 가지 않았다.

하지만 지금은 연공을 통해 모은 선천칠기가 한순간에 소진됐다.

위지극처럼 역천지신이 아니라면 그 순간 즉사다.

무흔의 검법은 일시에 모든 진기를 소진시킨다.

한데, 그게 아주 어이없는 방식이었다.

일만큼의 진기를 가지고 있으면 그만큼만 사용해야 하는

데, 십만큼의 진기를 소진시키려 했다.

위지극이 단 일 초식만 펼치고 기절한 게 바로 그 이유 때문이었다.

그때부터 위지극은 이 방법을 사용해 자심연도를 연공했다.

성과는 만족스러웠다.

중요한 점은 손을 바닥에 밀착시켜야 하고, 가장 빠른 시간에 기를 쏟아내야 한다는 것이었다.

처음에는 바닥에 어중간하게 손을 댔다가 기가 빠져나가는 충격에 어깨가 부서질 뻔했다.

그리고 진기가 한순간에 사라지지 않고 남아 있으면 다시 모이는 데까지 시간이 오래 걸렸다.

그렇게 시간이 흐르면 흐를수록, 선천진기를 소비하면 소비할수록 다시 선천칠기가 모이는 데까지 걸리는 시간이 단축됐다.

어떤 면에서 위지극은 복을 받았다.

일반적으로 스승 없이 비급만으로 무공을 익히기란 쉽지 않다.

자신이 얼마만큼 익혔는지 확인할 방법이 없고, 글로써 심법의 오묘한 뜻이며 초식의 오의를 파악하는 게 불가능하기 때문이다.

하나 무혼심결은 달랐다.

무공의 성취를 알려줬다.

위지극이 자심연도에 매진하고 있을 때, 갑자기 내현지성이 들려왔다.

그렇게 나타난 무혼은 단 한마디만 하고 사라졌다.

'오성(五成)'이라고.

위지극은 혹시 자신의 머릿속에 무혼이 살고 있는 게 아닌가 하는 착각이 들었다.

느닷없이 나타나 '오성'이라니.

어찌 됐든 신기하기도 했지만 의욕도 솟았다.

이젠 '육성(六成)'이란 말을 듣는 게 목표.

그래서 팔성 이상이 되면 세 가지 초식을 연환하여 사용할 수 있게 될 터였다.

쿵! 쿵!

위지극은 계속해서 진기를 모으고 소진하기를 반복했다.

쿵쿵거리는 소리가 끝없이 이어졌다.

정신이 더욱 맑아지고, 괴롭히던 숙취도 사라졌다.

그렇게 무아지경 속에서 시간이 흘러가고 있을 때,

"아아악!"

바로 옆 어디선가 고막을 찢을 듯한 비명 소리가 들려왔다.

"헛?"

위지극이 눈을 떴다.

목소리만 들어도 얼마나 급박한 상황인지 알 수 있을 정도다.

위지극은 번개처럼 몸을 일으켜 밖으로 나갔다.

소리가 들려온 방향.

남동쪽이었다.

그게 아니더라도 사취암에 있는 사람은 자신을 제외하고 단 한 명뿐이었다.

쾅!

위지극이 동쪽 방문을 부수고 들어갔다.

"어!"

그는 우뚝 멈춰 섰다.

안에는 열대여섯 정도의 소년이 천장을 쳐다보며 쓰러져 있었다.

얼굴은 멍이 든 것처럼 파랬고, 사지를 부들거리며 경련을 일으키고 있었다.

"이, 이봐."

위지극은 조심스럽게 다가갔다.

"야, 괜찮아?"

불러도 대답이 없다.

가까이서 보니 눈이 정면을 바라본 채 하얗게 탈색되어 있다.

'혹시……!'

위지극은 퍼뜩 생각났다.

주화입마(走火入魔)!

무공을 익히는 사람들이 가장 두려워하는 것.

나아도 반신불수요, 잘못되면 목숨을 잃는다는 주화입마인 듯싶었다.

'어, 어쩌지?'

위지극은 당황했다.

뭘 어찌해야 되는지 몰랐다.

사람을 부르러 가고 싶지만, 그동안이면 이미 싸늘한 시체로 변해 있을 것만 같았다.

"혁조영이라 했지? 뭐… 어떻게 해야 돼?"

급한 마음에 물었지만 대답이 있을 리 없다.

이미 혁조영은 사경을 헤매고 있었다.

고함도 치지 못하고 사지만 점점 더 크게 떨고 있었다.

위지극은 책에서 읽은 주화입마를 떠올렸다.

당사자의 무공을 잘 아는 누군가가 잘못된 진기를 도인해 줘야 한다.

바로 그게 해결책이다.

그러나 누군지도 모르는데 그가 익힌 무공을 어찌 알겠는가?

하지만 아무것도 안 하고 있기에도 난감했다.

"일단은 완맥을……."

위지극은 혁조영의 완맥을 쥐었다.

하지만 그게 끝이다.

상대의 진기도 느끼지 못할뿐더러 뭐를 해야 하는지도 몰랐다.

그가 할 수 있는 것은 오직 하나였다.

진기를 불어넣는 것.

땅바닥에 퍼붓던 진기를 그의 몸에 들이붓는 것 외엔 없었다.

'아플지도 모르지만 참아. 내가 할 수 있는 건 이것뿐이니까. 혹 잘못돼도 날 원망하지 말고.'

위지극은 마음속으로 중얼거리며 선천진기를 끌어올렸다.

다시금 진기가 차오르고 단전에 쌓여갔다.

'지금!'

그리고 어느 정도 됐다 싶었을 때, 상대의 완맥을 향해 천천히 밀어 넣었다.

다행히도 무리없이 잘 들어간다.

그의 몸 안에서 어떤 작용을 할진 모르겠지만, 일단은 성공이라 할 수 있다.

그렇게 위지극이 마음을 놓고 있을 때, 갑자기 잘 들어가고 있던 진기가 무언가에 턱 막히더니 역류하기 시작했다.

'어, 어, 이러면 안 되는데?'

위지극은 당황하여 급히 밀어 넣으려 했다.

하나 그러면 그럴수록 진기에 가해지는 반탄력이 강해졌다.

그때,

무량광신공(無量光神功).

"뭐?"
위지극은 갑자기 들려온 목소리에 깜짝 놀라 소리쳤다.
그는 순간 그것이 혁조영의 목소리라 착각했으나, 곧 내현지성이었음을 깨닫고는 이후의 말을 기다렸다.

무량광공은 불타의 십이광(十二光) 중 무량광을 재현하기 위해 혁가맹(爀稼儚)이 창안한 신공이다.
그는 어린 나이에 불가에 귀의했으나, 후에 뜻을 품고 속세에 나와 무량광공을 만들었는데, 그 공능은 가히 신공이라 부를 만하다.
극성에 이른다면 나 무혼의 반초지적(半招之敵)은 될 수 있으니 말이다.

위지극의 눈썹이 슬며시 찌푸려졌다.
'젠장, 이 바쁜 상황에서 또 시작했군. 아무튼 자기 자랑은……. 게다가 일초지적도 아니고 반초지적은 뭐야. 그보다

제발 이거, 어떻게 해야 하냐고!'

하나 무량광공엔 커다란 문제가 있다.

그가 나를 찾아와 무량광공을 봐달라 했을 때 난 대번에 그 단점을 알아냈다.

무량광공은 불타의 무량광을 따랐기 때문에 여자의 몸으로는 익힐 수 없다.

만에 하나, 여인이 익히게 된다면 점차 머리가 둔해지고 말수가 적어질 뿐만 아니라 종내에는 백치가 될 소지가 높다.

게다가 무리하여 익힐 경우에는 주화입마에 들어 목숨을 잃을 수도 있다.

나는 친절하게도 이런 사실을 말해주었지만 그는 개의치 않았다.

이유인즉, 자신의 집안은 대대로 여자가 태어나지 않았다는 것이다.

그가 떠난 후, 난 생각해 보았다.

무슨 저주받은 집안이라고 여자가 태어나지 않은지.

해답은 나오지 않았다.

대신 언젠가 태어날 아이 중 여자가 반드시 있으리라 생각하고 그녀에게 줄 선물을 만들었다.

이름하여 무변광신공(無變光神功).

불타의 두 번째 덕인 무변광을 따서 이름을 지었다.

이름이 그렇다고 해서 딱히 내가 불타를 존경한다고는 생각지 마

라. 단지 무량광공을 조금 바꾼 것뿐이기에 그리 이름 지었으니까.

'안 물어봤어요.'

위지극은 투덜댔다.

지금 무혼의 말이 들리는 와중에도 진기는 계속 자신과 혁조영 사이를 왔다 갔다 하고 있었다.

그보다 놀라운 건 따로 있었다.

'그나저나 여자였어?'

무혼의 말을 종합해 보면 혁조영이 여자라는 뜻이다.

목소리가 앳되기는 했으나 여자이리라고는 생각도 못했는데…….

'뭐, 어때? 남자든 여자든.'

위지극은 금세 시큰둥해졌다.

중요한 것은 혁조영의 성별이 아니라 사느냐 죽느냐 하는 것이었다.

무변광신공에서 진기는 백회에서부터 시작된다.

이어…….

'옳지. 이제야 겨우 시작했구나!'

위지극은 한 손으로는 계속 완맥을 잡은 채 나머지 손으로 백회를 짚었다.

그리고 진기를 주입했다.

백회에 직접 진기를 주입하는 것은 위험하기 짝이 없는 일이었으나 이를 모르는 위지극이었다.

설사 미리 알았다 하더라도 지금 같은 상황에선 시도할 수밖에 없었다.

'된다!'

완맥으로 튕겨 나오는 것은 멈추지 않았다.

그러나 백회로 서서히 진기가 스며들고 있었다.

그렇게 스며든 진기는 이내 위지극의 의지를 벗어나 어디론가 사라져 버렸다.

'어라?'

눈을 감았다.

자심연도에 매진했을 때처럼 신경을 집중했다.

그리고 다시 주입했다.

이번엔 진기에 집중을 하며 연결된 끈을 놓지 않았다.

혼원무혼검법을 익힐 때처럼 말이다.

검에 스며든 진기를 유지하고 조종하듯 혁조영의 몸에 밀어 넣은 진기를 조종해 갔다.

처음엔 쉽지 않았다.

몇 치만 몸 안으로 들어가도 행방이 묘연했다.

그러나 시간이 흐르면 흐를수록 점점 능숙해져 갔다.

한 치, 두 치 늘어나던 것이 종내에는 혁조영의 몸속 전체를 누비고 다녀도 따라갈 수 있게 되었다.

그는 내현지성의 가르침에 따라 이곳저곳으로 진기를 휘돌리며, 혁조영의 진기와 융화시켰다.

그리고 혁조영의 막혀 있는 기혈은 힘을 가해 뚫었으며, 좁아 흐름이 느린 곳은 넓혀갔다.

몇 시진을 그러고 있었을까?

위지극의 전신은 땀으로 흠뻑 젖었고, 손은 덜덜 떨리고 있었다.

"으음."

위지극이 이제 한계에 도달했다 느끼고 있을 때 혁조영이 신음 소릴 냈다.

'깨어났구나!'

위지극은 기뻐서 만세라도 부르고 싶었다.

그녀가 살아난 것도 좋지만, 그보다 전신의 힘이란 힘이 모조리 빠져 자신이 쓰러질 것만 같았기 때문이다.

"어때? 정신이 좀 들어?"

혁조영의 눈이 서서히 떠졌다.

그녀는 누운 채로 몇 번 눈을 깜박이더니 시선을 맞추려고 애쓰는 듯했다.

"누… 구세요?"

하지만 위지극은 그녀의 물음에 대답하지 않았다.

"괜찮아 보이네. 그럼 난 이만 간다."

위지극은 비틀거리며 자리에서 일어섰다.

어디 가서 잠이라도 자서 체력을 회복해야지 더 이상 앉아 있을 힘이 없었다.

'아참.'

위지극은 막 방을 나서려다 뒤돌아보며 말했다.

"있잖아, 그거. 네가 익히고 있는 거. 그거 여자는 못 익히는 거래. 그러니까 그만 해. 또 그 꼴 당하지 않으려면."

그리고는 휘적거리며 걸어갔다.

"예……?"

혁조영은 그 말에 벌떡 일어서려 했지만, 몸이 말을 듣지 않았다.

"이, 이봐요!"

기껏 낸 목소리도 모깃소리만 했다.

그사이 위지극은 그녀의 시야에서 사라져 버렸다.

* * *

'휴, 드디어 다 왔다.'

위지극은 안도의 숨을 내쉬었다.

그가 사취암에서 나왔을 때, 저녁 해가 지고 있었다.

자심연도를 연공하는 시간이 더 길었을까, 아니면 혁조영하고 있던 시간이 더 길었을까?

그는 어찌 됐든 시간이란 참 빨리도 지나가는구나 하는 생각이 들었다.

그렇게 사취암에서 자신의 거처까지 오는 동안 위지극은 몇 번이나 잠들 뻔했다.

그냥 확 쓰러져 잠을 잘까도 싶었지만, 기어이 힘을 내 여기까지 왔다.

그의 얼굴엔 그런 자신이 대견스러운지 희미한 미소마저 떠올라 있었다.

'이제 저 문만 열면 편히 잘 수 있어.'

단잠을 잘 수 있다는 생각에 젖어 막 문고리를 잡으려는 순간이었다.

갑자기 문이 안에서부터 와락 젖혀지며 사람이 뛰어나왔다.

"어디 갔다 이제 와?"

사연화였다.

그녀는 뿔이 난 듯 보였는데 위지극의 초췌한 모습을 보고는 깜짝 놀라 물었다.

"너, 왜 그래? 어디 아파?"

"아니, 그냥 좀 피곤해서."

"무슨 일을 했기에?"

"사취암에 있었어."

"저런."

그녀는 무엇 때문인지 가볍게 탄식했다.

"지금까지 거기에 있었어?"

"네가 알려줬잖아. 그런데 들어가서 이야기하면 안 될까? 나 피곤한데……."

위지극은 사연화를 뒤로하고 먼저 들어갔다.

사연화가 따라 들어오며 기쁜 목소리로 말했다.

"좋은 소식이 있어서 전해주러 왔는데 네가 없어서 하루 종일 기다렸어."

위지극은 의자에 걸터앉았다.

생각 같아서는 그냥 침상에 눕고 싶었지만, 하루 종일 자신을 기다렸다는데 차마 그렇게 할 순 없었다.

"좋은 소식이라니?"

사연화가 위지극과 마주 앉으며 빙긋 웃었다.

"널 내가 있는 인청각에 들여보내기로 했대."

위지극은 두 눈을 깜빡였다.

"어제 그 형들도 같이 있다는 거기?"

"응, 맞아."

사연화는 몹시도 기쁜 모습이었다.

물론 위지극으로서도 나쁘지 않았다.

하지만 뭔가 어리둥절하기도 했다.

이곳에 온 뒤로 회주는커녕 윗사람들과 얼굴도 마주한 적이 없다.

그런데 갑자기 소속이 정해져 버렸다.
'나를 믿는 건가, 아니면……'
최소한 확인 절차는 있을 거라 생각했다.
신분이야 그렇다 치더라도 무공 정도는 당연히 확인해야 하지 않겠는가.
위지극은 그러다 사금학을 생각해 냈다.
'혹시 그 할아버지가 마음대로 처리하셨나?'
아무래도 그런 것 같았다.
"근데, 거기가 뭐 하는 곳이야?"
"어마, 넌 잘 모르겠구나?"
위지극이 묻자 사연화는 손뼉을 짝! 하니 치더니 이내 인청각에 대해 설명하기 시작했다.
북무림회는 원로원(元老院)을 제외하고 크게 세 개의 원으로 나뉘었다.
해사원(諧思院), 광사원(昳思院), 만해원(萬偕院).
광사원은 회의 내부 규율과 관리를 담당하고, 만해원은 각 지방의 지단을 포함해 외부 일을 처리하며, 해사원은 회주의 보필 및 회의 안위와 관계된 일 등 비교적 중요도가 높은 일을 담당했다.
때문에 가장 무력이 강한 곳은 해사원이었다.
이들 원은 각기 두 개의 각으로 이루어져 있는데, 해사원은 인청각과 사현각(沙玹閣)으로 이루어졌다.

하나 두 개의 각이 하는 일은 대동소이했다.

차이가 있다면 인청각은 비교적 젊은 층으로 이뤄졌다는 것인데, 이후 나이가 차고 연륜이 쌓이면 사현각으로 옮기는 게 일반적이었다.

결국 인청각에 들었다는 말은 후기지수(後起之秀)로 평가받는다는 뜻이나 다름없었다.

위지극은 그녀의 말을 모두 듣고 걱정스런 눈빛으로 물었다.

"그럼 지금 거기로 가야 하는 거야?"

"원래는 그래야 하겠지만… 오늘 네 상태를 보니 아무래도 안 되겠다. 내가 가서 말씀드릴게."

"고마워."

위지극은 그 말을 끝으로 침상에 드러눕더니 그대로 잠들어 버렸다.

*　　　　*　　　　*

"사사, 사사 있어요?"

적존교 본단에 돌아온 우희명은 사사부터 찾았다.

"들어오십시오, 아가씨."

우희명이 문을 열고 들어가자, 사사는 두 손을 가지런히 모은 채 의자에 앉아 있었다.

"어휴, 방 안에서도 그 보자기를 쓰고 있는 거예요?"

사사의 외모는 특이했다.

옷이라기엔 이상한 천을 뒤집어쓰고 있을 뿐만 아니라 얼굴도 천으로 감싸여 있어 거의 보이지 않았다.

그 탓에 전신 중 밖으로 드러나 있는 건 오로지 그의 갸름한 턱뿐이었다.

"하하, 그렇지요. 전 이게 편하답니다."

"사사는 좋을지 모르지만 보는 제가 다 답답하네요."

사사의 턱이 조금 씰룩였다.

웃고 있는 게 분명했다.

"한데 어인 일로 저를……?"

"부탁할 게 있어서요."

"호오, 부탁이라……. 급한 일인가 보군요. 백령마단(白靈魔團)이 아닌 저를 찾아오신 걸 보니."

"맞아요. 한 사람을 찾아줬으면 해서요."

우희명의 말에 그는 잠시 조용하더니 이윽고 나지막하게 입을 열었다.

"교주님의 허락은 받으셨습니까? 아무리 아가씨라고는 하나……."

"걱정 마세요. 아버지도 허락한 일이니까."

그제야 사사는 고개를 끄덕였다.

"말씀하십시오."

"이름은 위지극, 나이는 십칠 세. 얼마 전 금창사가에 들어갔어요. 이 정도면 금방 찾을 수 있겠죠?"

"열흘 정도 걸립니다."

"열흘이나요?"

우희명이 놀란 듯하자 사사는 웃었다.

"금창사가는 결코 쉽게 볼 곳이 아니랍니다. 그러나 열흘이 길다 하시면 여드레로 줄여보겠습니다."

"아니, 괜찮아요. 열흘로 하세요. 그래도 삼백오십오 일이 남았으니까."

"네?"

사사가 되묻자 우희명은 급히 손사래를 쳤다.

"아, 아니에요. 그럼 부탁할게요."

그녀는 부리나케 밖으로 뛰어나왔다.

지금부터 준비해야만 했다.

일 년은 실상 그렇게 긴 시간이 아니었다.

그날 확인한 위지극의 실력은 평범하기 짝이 없었다.

그런 그를 일 년 안에 흑령을 능가하는 고수로 만들려면 대책을 세워야만 했다.

아니, 어쩌면 불가능할 수도 있다.

하지만 가능케 만드는 게 자신의 일이다.

가장 먼저는 무공을 찾는 것이었다.

쓸 만한 무공, 아니, 뛰어난 무공.

자신이 익힌 것을 전수해 줄 수도 있겠지만, 대성을 이루기에 일 년이란 시간은 터무니없이 짧다.

오히려 고수를 찾는 게 더 빠를지도 몰랐다.

문제는 고수를 찾는 게 중요한 게 아니라 과연 자신이 그를 좋아할 수 있느냐 마느냐다.

힘들 것 같다.

위지극은 첫인상에서부터 호감이 갔다.

길을 찾는 어수룩한 모습, 아이를 구하기 위해 지체없이 뛰어든 용단, 그리고 결정적으로 준수한 외모.

자신처럼 예쁜 아내를 맞이하려면 적어도 그 정도는 돼야 했다.

흑령 정도론 어림없다.

그가 자신을 좋아하느냐는 그다음 문제다.

물론 한 번의 실패한 경험이 있지만, 그건 그가 자신의 진면목을 보기 전이다.

만약 지금 다시 보게 된다면 그의 마음도 변할 것이다.

'후후, 기다려. 내가 찾아갈게.'

우희명은 득의의 미소를 짓고 있었다.

*   *   *

위지극은 한 건물 앞에 서 있었다.

높이가 십 장이 넘는 어마어마한 크기의 전각.

전각 한가운데에는 반 장이 넘는 현판이 걸려 있었고, 거기에는 용사비등한 필체로 인청각이라 새겨져 있었다.

"아!"

"어때? 여기가 어제 말한 인청각이야. 네가 속할 곳이기도 하고."

위지극이 목이 빠질 듯이 현판을 올려다보며 말했다.

"인청각이 건물 이름이었구나?"

"당연하지. 그럼 뭔 줄 알았어?"

"네가 인청각에 속한다고 해서 조직 이름인 줄만 알았지."

"자자, 어서 들어가자."

사연화는 위지극의 손을 끌며 안으로 들어섰다.

건물 내부는 일층은 커다란 대청으로 이뤄져 있었고, 계단을 올라 이층에 오르자 여러 개의 문이 주욱 나열되어 있었다.

"이 문들은 다 뭐야?"

"뭐긴 방이지."

"방? 방이 나눠져 있어?"

"인청각은 총 스물다섯 개의 조(組)로 이루어져 있어. 그래서 스물다섯 개의 방이 있지. 물론 각주님 방은 따로 있고."

"그런 난 몇 조야?"

사연화는 피식 웃었다.

"그걸 말해주지 않았네. 넌 나와 같은 이십일조야."
"번호가 한참 뒤네. 그것도 실력순인가?"
그 말에 사연화는 흠칫하더니 어색한 미소를 지었다.
"사실대로 말하자면, 어느 정도 실력순이지. 하지만 꼭 그렇다고 단정하기도 애매한 게, 실력이 뛰어나 높은 번호 조로 갈 수 있음에도 가지 않는 사람들이 있어."
위지극은 고개를 갸웃했다.
"이상하다. 왜 그런 좋은 기회를 마다하는 거지?"
"왜냐하면 하나의 조는 여섯 명의 조원으로 이뤄져 있는데, 꽤 오랫동안 함께 지내다 보면 정이 들게 마련이거든."
위지극은 그제야 수긍할 수 있었다.
정이 들면 헤어지기 힘들다.
무공의 고하를 떠나 사람의 정이란 쉽게 뗄 수 없는 것이었으니.
사연화는 은은한 미소를 띠며 말을 이었다.
"우리 조에도 그런 사람이 있어. 얼마 전에 본 종남파의 금산청, 그 오라버니가 바로 그런 경우지."
"으음, 그랬군. 그럼 그 형은 몇 조 정도?"
사연화는 위지극의 질문에 잠시 난색을 표하더니 입을 열었다.
"내가 볼 때는 십조 이내에 들 만하지. 작년에 제의가 들어왔을 때가 십이조였거든. 한데 그동안에도 실력이 많이 늘었을 테니까."

위지극은 알겠다는 듯 고개를 끄덕였다.

이곳에도 서열이 있다.

막정산채에도 서열이 있었다.

물론 이곳과 그곳이 같은 성질의 서열은 아닐지라도 사람이 사는 곳이라면 어디든 높은 위치에 있는 사람이 있는가 하면 낮은 위치에 놓인 사람도 있다.

물론 태평촌은 그렇게까지 나뉘지 않았지만, 따지고 보면 촌장이 맨 꼭대기에 있고 나머지 사람들이 그 밑이었다.

만약 자신보고 어느 조를 택할 것이냐고 묻는다면 당연히 일조다.

타인보다 우위에 있는 것이 좋으니까.

괄시받고 천대받기를 좋아하는 사람은 없다.

하지만 금산청에 대한 이야기를 듣고 그런 것을 이겨낼 수 있게 하는 무언가가 있다는 사실을 새삼 깨달았다.

그건 바로 정(情)이었다.

위지극은 내색하지는 않았으나 즐거웠다.

아무리 강호가 강자존이라 하지만 정을 이겨낼 수는 없다.

섣부른 판단일 수도 있지만, 자신의 생각이 틀리진 않을 것이다.

태평촌을 나온 이유, 남이야 뭐라 하든 자신에게 중요한 것은 사랑을 찾기 위해서다.

그 생각이 틀리지 않았다는 확신이 들었다.
"무슨 생각해? 갑자기 조용해지고……."
"아, 아니야. 가자."
위지극은 성큼 앞으로 걷다 뒤돌아보며 울상을 지었다.
"근데 어디로 가야 돼?"

第十三章
인청각(隣淸閣) 이십일조(二十一組)

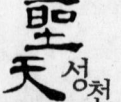

"왔구나."

이십일이란 숫자가 적힌 방에 위지극이 들어서자 앉아 있던 금산청이 웃으며 일어섰다.

"안녕하세요."

위지극은 넙죽 인사를 했다.

그제 술을 한참 마실 때는 형님이니 뭐니 하며 친근하게 행동했지만, 막상 이렇게 다시 보게 되니 조금 어색했다.

이를 아는 금산청이 파안대소를 터뜨렸다.

"하하하! 동생, 왜 이러시나. 며칠 되지도 않았는데 벌써 지난날의 우의를 모두 잊어버렸단 말인가?"

"아, 그게… 저……."
"너무 그렇게 몰아붙이지 말아요. 이제 들어온 사람한테."
소유아가 나섰다.
"여기 편히 앉아. 따로 인사는 필요없겠지?"
위지극은 고개를 끄덕였다.
안에 있던 세 사람은 모두 지난날에 보았던 이들이다.
여전히 넉살 좋은 금산청, 조용히 미소 짓고 있는 위도곡, 방실거리는 소유아.
위지극은 자리에 앉아 주위를 둘러봤다.
방이 스물다섯 개나 있다 하여 조그마한 방인 줄 알았는데 예상보다 훨씬 컸다.
방 한가운데는 여섯 명이 모두 앉을 수 있는 팔선탁이 있었고, 그 주위엔 두 개의 침상이 있었으며, 앉아서 쉴 수 있도록 기다란 의자도 놓여 있었다.
자그마한 책장과 천산의 풍경을 그려낸 수묵화도 한 폭 걸려 있어 아늑함을 더하고 있었다.
"이십일조에 들어온 걸 축하한다."
위도곡이 먼저 말을 건넸다.
"잘 부탁해요."
위지극은 그와 지난밤에 무슨 이야기를 나눴는지 잘 기억나지 않았다.
그는 말을 그리 많이 하지 않았던 듯싶다.

오직 기억나는 것은 소유아의 수다와 금산청의 커다란 목소리뿐이었다.

"근데 원래 여섯 명이 한 조라 들었는데."

"어, 정말? 화각이는 어디 갔어?"

위지극의 말에 사연화가 그제야 깨닫고는 소유아에게 물었다.

"걔는 갑자기 자릴 옮기게 됐어. 광사원으로."

"이렇게 갑자기?"

사연화는 깜짝 놀란 눈치였다.

"응, 갑자기 정해진 것 같아. 해서 오늘은 일단 그쪽으로 갔고, 다음에 기회가 되면 따로 자리를 마련하겠다고."

"어이없는 일이긴 하지. 당사자하고 상의도 없이 결정되었으니까."

소유아가 투덜댔다.

"어쩌면 정작 본인에겐 잘된 것일 수도 있어. 예전에 그쪽 일이 해보고 싶다고 이야기한 적이 있거든."

금산청이 팔짱을 하며 끼어들었다.

"그래서 오라버니가 보냈어요?"

소유아가 눈을 매섭게 치켜뜨고 따지자, 금산청은 손을 헐레벌떡 내저었다.

"아니야. 내가 그럴 리가 있나."

"흥!"

"어허, 내가 얼마나 아끼는데 그런 짓을. 아마도 윗분들이 아셨는지도 모르지."

"어이구! 그렇게도 마음 잘 써주시는 분들이었으면 우릴 전부 십조 이내로 들여보내 주시든지!"

소유아가 막 고함치는 순간이었다.

"흐흠."

문밖에서 갑자기 늙수그레한 헛기침 소리가 들려왔다.

다들 깜짝 놀라 모두 자리에서 일어섰다.

그러자 문이 천천히 열리더니 사무진이 들어왔다.

"미안하구먼. 내 신경 써주지 못해서."

"하하, 각주님. 유아의 말은 그게 아니라 빨리 우리의 무공을 증진시켜 그리하자는 이야기지요. 그렇지?"

금산청이 잽싸게 나서며 소유아의 어깨를 툭, 쳤다.

"네, 네. 그럼요. 그런 말이었어요. 헤헤."

소유아의 너스레에 사무진은 다시 한 번 헛기침을 한 후 위지극을 바라봤다.

"자네가 위지극인가?"

위지극은 자신을 바라보는 사무진의 눈빛을 어디서 본 것만 같았다.

이를 기억해 내는 데는 오래 걸리지 않았다.

바로 사금학이 자신을 저런 눈빛으로 쳐다봤었다.

아니, 자세히 보면 그와는 미묘하게 달랐다.

마치 사가주와 사금학의 눈빛을 합친 듯했다.

"네, 처음 뵙겠습니다."

위지극은 고개를 숙이려다 말고 정중히 포권을 취했다.

아무래도 자신의 바로 윗사람이란 생각이 들었기 때문이다.

"그래, 만나서 반갑네. 앞으로 좋은 활동 보이길 바라겠네. 그리고……."

사무진이 뒷짐을 쥐고 있던 손을 내밀자, 거기엔 하나의 검이 쥐어져 있었다.

자줏빛 검집의 청강검.

바로 일전에 사연화가 지니고 있던 벽자검이었다.

"이건 우리 인청각의 사람이라면 반드시 지니고 다녀야 할 검이네. 받게."

위지극은 자신의 허리를 바라보았다.

거기엔 사연화에게 받은 검이 매어져 있었다.

그녀는 위지극을 신경 써서 가내에서도 명검 축에 드는 검을 선뜻 내주었다.

타인에게 받은 첫 번째 선물.

위지극은 사연화를 힐끗 바라봤다.

"뭐 해? 받아."

그녀는 웃고 있었다.

위지극은 어색한 미소를 짓고는 벽자검을 받아 들었다.

사무진은 검을 건네고는 위지극의 어깨를 한차례 가볍게 두드렸다.

"이제 자넨 정식으로 북무림회 해사원 인청각의 이십일조 조원이 되었네. 자네의 행동 하나하나가 모두 우리 인청각을 대변하는 것이니 항상 협의를 실행하고 스스로 부끄럽지 않은 사람이 되게."

위지극은 정중히 고개를 숙였다.

"명심하겠습니다."

"좋아. 그리고 자네들에게 한 사람을 더 소개시켜 줘야겠네."

그는 조원들을 둘러보며 말을 이었다.

"화각이가 광사원으로 가며 한 자리가 비어 새로운 사람이 들어오게 됐네. 이리 나오너라."

그가 뒤를 보며 말하자, 자줏빛 장삼을 입은 자그마한 소년이 빼꼼히 문을 열고 나타났다.

하지만 채 몸의 반도 보이지 않아 중인들은 그의 얼굴조차 알아볼 수 없었다.

"어허, 뭐 하는가, 냉큼 들어오지 않고?"

그 말에 쭈뼛거리며 소년이 안으로 들어왔다.

키는 위지극보다 조금 작았으며, 근육도 그리 발달하지 않아 장삼이 헐렁해 보였다.

그는 고개를 숙인 채 들어와서는 꾸벅 인사를 하고서야 사

람들이 볼 수 있게 고개를 들었다. 그러자,

"어!"

"너?"

"소공자?"

그를 본 이십일 조원들이 놀라 소리쳤다.

"소공자가 우리 조에 들어오는 것이오?"

"네, 잘 부탁합니다."

그가 다시 고개를 숙이자 금산청이 헛웃음을 터뜨렸다.

"허허, 이거……."

소년은 바로 회주의 막내아들인 혁조영이었다.

"정말입니까, 각주님?"

금산청은 믿기지 않는지 사무진에게 다시 물었다.

그러나 돌아오는 대답은 혁조영과 같았다.

"그렇네. 앞으로 이렇게 여섯 명이 한 조네. 금산청."

"네, 각주님."

"자네가 조장이니 잘 가르치도록 하게. 그럼 난 이만 가겠네."

사무진은 그 말을 끝으로 방에서 나갔다.

그가 돌아가자 남은 여섯 명은 누구 하나 말을 쉽게 꺼내지 않았다.

위도곡은 보일 듯 말 듯 고개를 젓고 있었고, 소유아와 사연화는 멍하니 혁조영을 쳐다보고 있었다.

인청각(隣淸閣) 이십일조(二十一組)　113

이들이 이렇게 조용한 것은 당연했다.

새로 들어온 위지극이야 무공이 얼마나 뛰어난지 아예 몰라 거부감 같은 게 없었지만 혁조영은 아니었다.

그는 북무림회에서도 악골로 소문나 있었다.

그런 그가 인청각에 들어왔다는 사실은 윗사람의 입김, 정확히는 회주의 입김이 없이는 불가능한 일이었다.

게다가 원래 있던 조원인 화각이를 다른 곳으로 보내고 그 자리에 들어왔으니 불만이 없을 수가 없었다.

"아그! 난 몰라!"

소유아가 크게 소리치더니 침상에 덜퍼덕 누워버렸다.

상관하기도 싫다는 듯이 보였다.

위도곡도 기분이 썩 좋진 않은지 입을 꾹 다문 채 의자에 앉았고, 금산청은 어색한 표정으로 머리를 긁적이다 겨우 말을 꺼냈다.

"이렇게 만나서 반갑네. 소문은 익히 들어… 아니, 회주님은 안녕하신… 아, 이것도 아니고, 뭐더라……. 그… 앞으로 잘해보세."

혁조영도 사람들이 왜 자신을 어색하게 대하는지 익히 아는 듯 조용히 말했다.

"고마워요."

반면 위지극은 딱히 그에 대한 정보가 없어서인지 웃으며 다가갔다.

"야, 이렇게 또 만났네. 나도 오늘 처음 왔어. 같은 신입끼리 잘……."

위지극은 그에게 다가서다 말고 급히 입을 다물었다.

그가 자신을 매섭게 째려보고 있었기 때문이다.

"내가 무슨 잘못이라도……?"

위지극이 어물거리며 말하자 혁조영이 손짓했다.

"나 잠깐만 봐요."

그러더니 먼저 문밖으로 나가 버렸다.

위지극은 무슨 일이냐는 표정으로 사연화를 한 번 쳐다보고는 따라 나갔다.

혁조영은 위지극이 나오자마자 방문을 닫고는 그에게 바짝 다가섰다.

"아무한테도 말 안 했지?"

그는 혹시라도 누가 들을세라 조그마한 목소리로 물었다.

"뭘?"

위지극도 엉겁결에 말소리를 낮췄다.

"몰라서 물어?"

혁조영의 미간이 하늘로 곧게 치솟았다.

"아, 너 주화입마에 걸린 거? 알았어. 비밀로 해줄게. 연공하다 보면 그럴 수도 있지. 창피한가 보네?"

"그거 말고. 내가 여자라는 사실, 아무에게도 말 안 했지?"

"……?"

위지극은 잠시 조용했다.

'얘, 지금 뭔 소리를 하고 있는 거야? 그런 게 비밀이 될 수 있는 건가? 숨긴다고 숨겨지는 거였어?'

그러다가 문득 금산청이 그를 칭했던 말이 생각났다.

'소공자!'

분명 소공자라 했다.

소공자란 말엔 남자라는 의미가 들어 있다.

그리고 또 하나, 지체가 높다는 의미도 들어 있다.

"그럼 너, 설마 지금까지 남자 행세하고 다닌 거야?"

혁조영은 얼굴을 살짝 찌푸린 채 고개를 끄덕였다.

위지극은 실로 어이가 없었다.

성이란 엄연히 하늘이 정해준 것. 속일 필요가 뭐 있단 말인가?

"왜?"

"넌 알 거 없어. 그보다 말했어, 안 했어?"

위지극은 목숨까지 구해주고도 괜한 구박을 받자 슬슬 화가 나려 했다.

하나 상대에겐 절절한 사정이 있을지도 몰랐다.

"안 했어. 그러니까 걱정 마."

그제야 혁조영은 안심이 되는지 조그맣게 한숨을 내쉬었다.

"다행이다. 앞으로도 말 안 하겠다고 약속해 줘."

"그야 뭐……."

"약속!"

위지극은 흠칫하더니 잽싸게 고개를 끄덕였다.

"그래, 그래, 약속. 조그만 게 뭐 이리……."

사납냐고 하려다가 혁조영의 눈빛을 대하자 슬그머니 말꼬리를 흐렸다.

"됐어. 그리고 앞으로 너한테 물어볼 게 많아."

"또 있어?"

"당연하지. 그건 나중에 이야기하기로 하고 지금은 방금 약속한 걸로 됐어."

위지극은 그가 들어가려 하자 뒤에서 잡았다.

"나도 하나만 묻자."

혁조영은 그에게 어깨를 잡히자 한차례 흠칫하더니 고개만 돌렸다.

"뭘?"

"사람들이 왜 널 소공자라고 하는데?"

"그야 아버지가 회주니까."

"……!"

위지극은 일시에 말문이 턱하니 막혔다.

한편, 그 시각 방 안에선 다른 대화가 이어지고 있었다.

"이봐, 연화야."

금산청의 말에 사연화가 쳐다봤다.

금산청의 표정은 이상야릇했다.

"뭔가 이상한 걸 못 느꼈어?"

"소공자가 온 거요?"

그는 고개를 저었다.

"소공자가 아니라 각주님에게서."

사연화는 곰곰이 생각하는 듯하다 모르겠다는 듯 어깨를 으쓱했다.

"전혀."

"허허, 그래? 나는 확연히 이상한 점을 발견했는데."

"그게 뭔데요?"

침상에 누워 있던 소유아가 이쪽을 쳐다보며 물었다.

"하나같이… 쯧쯧, 너는 그제 밤, 연화가 극이를 소개할 때 한 말을 잊었어?"

소유아는 당시를 생각하는지 살짝 눈동자가 치켜 올라갔다.

"으으음, 극이가… 백부님 친우의 손자라고 했던 것 같은데……."

"분명 그랬지. 자, 이제 어디가 이상한지 알겠어?"

사연화는 그제야 뭔가를 깨닫고는 아차 싶었다.

사연화의 눈치를 보고 있던 금산청이 흐뭇한 미소를 지

었다.

"이제 알았나 보군."

그는 의자를 가져다가 그녀 앞에 놓고는 털썩 걸터앉았다.

그리고 사연화와 눈을 마주치며 물었다.

"왜 절친한 친구의 손자이자 자신이 데려온 극이를 각주님이 못 알아보시지?"

사연화는 정말 자기 머리를 쥐어박고 싶었다.

미리 말씀드렸어야 하는데 그동안 어디 가셨는지 통 보이질 않아 이야기를 나눌 기회가 없었다.

그렇다고 곧이곧대로 말할 수는 없었다.

사실, 말해봤자 이들은 성천이란 존재도 알지 못했다.

염상천이 성천에서 왔고, 요성향이란 게 있는지도 모르고 있었다.

사연화는 애써 침착하니 입을 열었다.

"제가 그날 말씀드린 백부님은 각주님이 아니라 다른 백부님이세요."

하나 금산청은 도리질을 했다.

"아니, 그날 넌 분명히 '큰' 백부님이라고 했어."

사연화는 그를 멀뚱히 바라봤다.

둔해 보이는 겉보기와 달리 참 기억력도 좋다는 생각이 들었다.

"좋아요. 사실대로 말씀드리죠."

금산청이 귀를 가까이 가져갔다.

"자, 말해봐. 극이는 누구지?"

"몰라요."

"어이, 어이. 잘 나가다가 또 왜 이래? 같은 조원들끼리 이러면 안 되잖아."

금산청이 짐짓 정색을 하고 말했으나 사연화는 꿈쩍도 하지 않았다.

"정말이에요. 전 몰라요. 극이는 회주님이 직접 데려오셨는걸요."

"진짜?"

"그래요. 제가 극이를 며칠 더 오래 보았을 뿐, 오라버니보다 자세히 아는 건 없어요."

"허허……."

금산청은 머리를 긁적이며 일어섰다.

"회주의 아들에 회주가 직접 데려온 사람이라……."

"혹시……."

잠자코 있던 소유아가 눈빛을 반짝이며 나섰다.

"우리 조를 예쁘게 봐주셔서 특수 임무를 맡기시려는 게 아닐까요?"

"그런 목적에서라면 일조를 택하지 너 같으면 우리 조를 택하겠어?"

위도곡의 말에 소유아가 잠시 생각하고는 고개를 푹 숙

였다.

"하긴, 나 같아도 안 할 거야."

"어찌 됐든, 뭔가 일이 벌어지고 있다는 뜻이긴 한데, 뭐 따로 들은 이야기는 없어?"

"없어요. 다들 아는 적존교 얘기는 알지만."

사연화의 말에 모두의 얼굴이 심각해졌다.

아직 피해를 받은 것은 없지만, 그들이 활동을 개시했다는 사실은 이미 북무림회에 널리 퍼져 있었다.

"우린 어떻게 될까? 바로 투입되려나?"

위도곡이 검을 만지작거리며 말했다.

"아마도 손 놓고 있진 않을 거다."

덜컥.

금산청의 말이 끝나자마자 문이 열리며 위지극과 혁조영이 들어왔다.

위지극은 조금 뿔이 난 표정이었고, 반면 혁조영은 긴장했던 처음과 달리 많이 풀어져 있었다.

금산청은 위지극의 정체를 알 순 없었지만, 크게 신경 쓰지 않기로 했다.

회주가 직접 데려왔다면 이미 보증된 사람이다.

그리고 이미 한 조가 된 이상 해답도 나오지 않는 것을 굳이 끄집어내어 불화를 만들 필요도 없었다.

"오, 두 사람이 이미 아는 사이였던가?"

위지극은 아무 말 없이 한숨을 내쉬었다.

그의 머릿속엔 '목숨을 구해줬는데'라는 말이 메아리치고 있었다.

굳이 보답을 받고 싶은 마음은 아니다.

하지만 적어도 고맙다는 말은 듣고 싶었다.

한데 겨우 돌아온 말은 입 다물고 있으란 것과 물어볼 게 있으니 바른대로 대답하라는 것이었다.

'쳇, 회주 아들이면, 아니, 딸이면 다인가? 나보다 어려 보이는 게.'

"네, 어제 만났어요."

"그래? 음, 그럼 어쩌지? 새로 두 사람이나 들어왔으니 축하연이라도 열어야 할 것 같은데. 모두의 생각은 어때?"

그 말에 누워 있던 소유야가 발딱 일어났다.

"좋아요, 좋아. 빨리 가요."

"잉? 지금 바로? 너무 이른 것 아냐?"

"이르긴요. 좋은 건 그때그때 풀라는 옛말도 있잖아요. 자자, 어서."

다들 그런 옛말이 있었나 하고 생각하는 동안 소유아는 벌써 방을 나서고 있었다.

모두가 그녀의 뒤를 따라 나가고, 제일 마지막으로 남은 위지극은 방 안을 한 번 둘러본 후 사연화로부터 받은 검을 풀어 탁자에 올려놓았다.

이어 한곳에 놓아둔 벽자검을 들어 올리더니 손으로 부드럽게 쓰다듬었다.

'이제부터 네가 나의 검이다. 얼떨결에 생각지도 못한 곳에 들어왔지만 좋은 사람들과 함께라서 기분이 좋아. 그러니 넌 나를 도와 혼원무흔검을 극성으로 연마해 보자.'

위지극은 다시 한 번 벽자검을 쓰다듬은 후 허리에 단단히 동여매더니 방을 나섰다.

북무림회 인청각 이십일조원 위지극.

그의 새로운 시작이었다.

　　　　　*　　　　*　　　　*

우희명은 지난 열흘간 눈코 뜰 새 없이 바빴다.

위지극에게 익히게 할 만한 무공을 찾기 위해서다.

그녀는 먼저 장서각을 뒤졌다.

하나 적당한 무공이 없었다.

속성으로 익힐 수 있는 것은 대부분 마공이요, 정공이라 일컬어지는 무공은 성과를 보기까지 삼 년 이상이 걸렸다.

그나마도 흑령과 자웅을 겨루기엔 모자랐다.

혹여 위지극이 무공에 자질이 극도로 뛰어나거나, 백 년에 한 번 날까 말까 한 천재라면 모를까, 무리인 듯했다.

현재 자신이 익히고 있는 무공을 전수할까도 생각했지만,

여인에 맞게 창안된 것인지라 이마저도 여의치 않았다.

결국 마땅한 해결책을 찾지 못한 우희명은 교주만이 익힐 수 있는 오극신마의 무공을 찾으려 했지만, 비급을 어디에 꽁꽁 숨겨놨는지 도통 찾을 길이 없었다.

아버지께 말씀드리면 대번에 안 된다 하실 테니 물어볼 수도 없었다.

무공을 얻는 일에 소득이 없자 차안을 생각했다.

그것은 내공의 증진이다.

다행히 교 내에는 수십여 년간 축적해 온 영약이 쌓여 있었다.

하지만 이 역시 실패로 돌아갔다.

어떻게 알고 있었는지, 다른 때라면 제집 드나들 듯하던 약 창고에 접근조차 할 수 없었다.

교주의 엄명이라나 뭐라나.

그녀로서는 치사하다고 욕을 퍼붓는 수 외엔 다른 방도가 없었다.

한참을 고민하던 중 우희명은 묘안을 생각해 냈다.

바로 사대봉공.

예전의 오대봉공에서 이름을 그대로 따왔지만, 그들과는 전혀 상관없는 사람들이다.

사대봉공은 네 명의 노인을 일컫는다.

무공이 얼마나 높은지 그 누구도 알 수 없다.

다만 교주가 존대할 정도이니 측량하기 힘든 고수라 어림 짐작할 뿐이다.

 그들은 모든 게 비밀에 감춰진 존재였다.

 어디서 왔는지, 언제부터 교에 있었는지도 몰랐다.

 하나, 그들의 힘을 빌린다면 흑령 정도 이기는 것은 문제도 아니다.

 다만 우희명도 사대봉공을 본 것이 단 몇 번에 지나지 않아 친분이 얕다는 걸림돌이 있기는 했다.

 어찌 됐든, 그들의 허락만 받아낸다면 무공에 대한 문제가 말끔히 해소될 수 있었으니 방책이 있다는 것만으로도 다행이었다.

 이후, 우희명은 사대봉공을 만나려 애를 썼지만 아쉽게도 그들은 여행을 떠난 뒤였다.

 대략 한 달 후에 돌아온다는 정보만 입수했다.

 그녀는 걱정하지 않았다.

 한 달 정도는 기다릴 수 있다.

 아직 위지극을 만나지도 못했으니 급하게 생각하지 않아도 됐다.

 그리고 오늘이 사사에게 일을 부탁한 지 드디어 열흘째 되는 날이었다.

"어떻게 됐어요?"

"오셨군요. 마침 그렇지 않아도 방문 드리려던 참이었는데."

사사는 자리에서 일어서며 우희명을 맞이했다.

"물론 찾았지요."

우희명의 얼굴에 웃음꽃이 피었다.

역시 사사다.

그는 못하는 게 없다.

어릴 때부터 보아왔지만 그는 모든 일을 항상 완벽하게 해낸다.

흑천검마와 함께 무공의 체계를 세운 사람이 그라는 소문이 있을 정도다.

"정말 고마워요."

우희명이 그의 손을 덥석 잡았다.

그 순간 그녀는 자신도 모르게 흠칫하며 손을 놓았다.

너무나 찼다.

마치 얼음을 만진 느낌이다.

그의 턱이 미세하게 떨렸다.

웃고 있는 것 같았다.

"하지만 기뻐하시긴 너무 이릅니다."

우희명은 혹시 그가 주화입마를 입어 이런 몸이 된 게 아닐까 의심하고 있다가 이어지는 그의 말에 정신을 차렸다.

"……?"

우희명은 그를 빤히 쳐다봤다.

사사의 대답을 기다리고 있는 것이었지만, 돌아오는 건 오히려 그의 질문이었다.

"혹시 그 아이를 왜 찾으시려 하는지 제가 알 수 있을까요?"

우희명은 말하지 않았다.

아니, 말할 수 없었다.

만약 그가 알게 된다면 아버지처럼 어떤 방해를 할지 몰랐다.

그와 아버지는 한통속이니까.

"빚이 있어서 받아내려고요."

우희명은 일부로 눈을 매섭게 떴다.

마치 원수를 생각하는 것처럼.

"아! 그러셨군요. 그렇다면 아가씨께서는 그 일을 조금 미루셔야겠습니다."

"무슨 이유라도 있나요?"

"있지요. 그가 지금 있는 곳이 북무림회니까요."

"북무림회!"

우희명의 얼굴이 미미하게 찌푸려졌다.

정말 되는 일이 없었다.

하필 가도 그런 곳으로 갈 게 뭐란 말인가. 무공은 턱없이 낮으면서.

북무림회나 남무림맹 모두 교의 최대의 적.

숨어드는 것도, 동향을 알아내는 것도 그녀 혼자서는 무리였다.

"휴."

그녀는 깊은 한숨을 내쉬었다.

"그곳엔 뭐 하러 갔대요?"

"그는 이미 인청각에 소속되어 있습니다."

"네?"

우희명은 이번엔 정말 놀랐다.

그 실력으로 인청각에?

그 동네는 아무나 다 받아주는 곳인가?

북무림회쯤 됐으면 철저한 검증을 통해 실력을 확인해야 정상 아닌가?

자신의 일 초도 못 받아냈는데 느닷없이 인청각이라니······.

'설마 그 사이 늘었나?'

그녀는 잠시 그리 생각했으나 말도 안 되는 추측이었다.

괄목상대도 정도가 있기 마련, 개미가 하루아침에 새가 될 수는 없었다.

'그럼 뭐야? 도대체 뭐냐고?'

"한데 그 친구, 아주 재미있는 일에 관계되어 있더군요."

"······?"

우희명은 움찔하여 쳐다봤다.

"아가씨도 이번에 적오단이 한 일을 알고 계시지요?"

"파적사 처리에 관한 것 말씀이신가요?"

"알고 계시군요."

"교인이라면 모두 알고 있는 내용 아닌가요?"

"그렇지요. 하지만 적오단 중 몇 명이나 희생됐는지 정확히 아는 사람은 몇 없지요."

"몇 명이나 목숨을 잃었나요?"

"모두 여덟입니다. 방성에서 하나, 동천에서 하나, 그리고 평리에서 하나, 이렇게요."

"셋밖에 안 되는데 나머지 다섯은요?"

"그 다섯은 모두 유창에서 죽었습니다."

"적오단 일 개 조가요?"

"그렇습니다. 일 개 조가 전멸했지요. 그것도 파적사의 손이 아닌 다른 이의 손에 죽었습니다."

우희명은 놀라우면서도 한편으론 점점 흥미가 더해갔다.

현재의 적오단은 예전의 적오단이 아니다.

비교할 수 없을 만큼 고수가 되어 있었다.

아무리 교의 최하 조직에 불과하다지만, 한 번에 다섯을 모두 해치웠다면 절정의 고수가 나섰다는 의미가 된다.

"어떻게 된 거죠?"

"저희는 모든 파적사를 분석하고 그에 맞게 상대를 배분했습니다. 적오단이라 해서 모든 조가 실력이 동등한 건 아니기 때문이지요. 그래서 이번 사건이 주는 의미가 더욱 큽니다."

그는 우희명의 얼굴을 쳐다보다 다시 말을 이었다.

"그들이 목표로 했던 파적사는 금산검 위덕중이란 자인데, 알려진 것보다 실력이 출중하지요. 때문에 꽤 상위에 속한 조에게 일을 맡겼습니다. 물론 위덕중은 적오단의 손에 죽었습니다만."

"그래서요?"

"귀환하던 중 한 객잔에서 싸움이 벌어졌습니다. 추오단이 직접 가서 확인했으니 확실할 겁니다. 어찌 됐든 그들 중 세 명이 강천산수에 당해 목숨을 잃었습니다."

"사금학!"

"맞습니다. 그리고 나머지 두 명은 추사력을 펼치다 죽었습니다."

"추사력까지! 그럼 사금학은 어찌 됐나요?"

사사의 턱이 또다시 떨렸다.

"그는 지금 북무림회에 있답니다."

"추사력까지 펼치고도 그를 어쩌지 못했단 건가요?"

"아가씨……."

사사의 음성이 한층 나직해졌다.

"추사력이 물론 대단하긴 하나 그것으로 사금학과 동귀어진하지는 못합니다."

"그 정도인가요?"

"물론이지요. 배분으로만 따져도 그는 사가주보다 위니까요."

"그럼 문제될 게 없는데……."

실력이 모자라 죽었다는 게 이상할 리 없었다.

강호에는 하늘 위에 하늘이 있고, 기인이사가 구름처럼 많다고 하지 않는가?

"문제는 말입니다. 추사력을 막은 것이 하나의 검법이라는데 있습니다."

"금창사가에도 검법이 있잖아요. 지금 생각나는 것만 해도 서너 개는 되는데."

우희명이 퉁명스럽게 말하자 사사는 고개를 저었다.

"추사력을 막은 검법은 금창사가의 것이 아닙니다. 추오단의 말에 따르면 뭐랄까, 이런 표현을 쓰더군요. 마치 허공을 날던 추사력이 벽에 부딪쳐 땅바닥으로 곤두박질쳤다고."

"……?"

"금창사가의 검법은 힘보다는 기교를 위주로 하고, 변(變)이나 환(幻)을 중시할 뿐, 중(重)을 다루지 않기 때문이지요."

"그렇다는 말은 또 다른 누군가의 손에 죽었다는 뜻이군요."

"맞습니다. 또 다른 누구, 즉 추사력을 일시에 무력화시킬 정도의 무서운 중검을 사용하는 자가 그 자리에 있었다는 이야깁니다."

"머리가 아프네요. 그게 제가 위지극을 찾는 것하고 무슨 상관이에요?"

"아가씨, 당연히 상관이 있습니다. 아가씨가 찾으시는 그 아이를 금창사가에서 북무림회까지 인도한 이가 누군지 아십니까?"

여기까지 듣고서도 눈치 채지 못한다면 바보나 다름없었다.

우희명은 그를 똑바로 쳐다보며 떨리는 음성으로 중얼거렸다.

"설마……?"

"하하하! 맞습니다, 맞아요. 그 인도자가 바로 사금학입니다."

"그… 그럴 리가 없어요. 그는……."

"무슨 말씀을 하실지 압니다. 하지만 사실입니다. 그 아이가 바로 그 무서운 중검을 사용한 고수라는 것 말입니다."

"저는 위지극과 겨뤄본 적이 있어요. 절대 그럴 리가 없단 말이에요!"

"과연 그럴까요? 상대를 속이는 건 쉽습니다. 힘을 숨기는 것도 마찬가지. 그런 검법을 사용하는 자라면 능히 아가씨의 눈도 속일 수 있을 겁니다."

우희명의 눈빛이 심하게 떨리기 시작했다.

갑자기 겁이 와락 났다.

일이 커져 버렸다.

만약 그의 말이 사실이라면 자신을 만나기도 전에 교의 주목을 받게 될지도 몰랐다.

사사에게 일을 부탁하는 게 아니었다.

자신의 수하인 백령마단을 시켰으면 됐을 일을 빨리 처리하고자 한 게 오히려 독이 됐다.

"사사, 부탁이 있어요."

"말씀하십시오."

우희명이 그에게 한 걸음 다가섰다.

"위지극에 관한 일은 제가 지시한 것이었으니 비밀로 해주세요."

"……."

사사는 말이 없었다.

그의 얼굴을 볼 수 없으니 어떤 표정을 짓고 있는 줄도 몰랐다.

불안이 엄습해 왔다.

"약속해 준다고 말해요."

그래도 말이 없던 사사는 한참 만에야 입을 열었다.

"아가씨."

"……."

"그렇게 불안해하실 필요없습니다. 아가씨의 빚은 제가 반드시……."

"안 돼요! 절대 안 돼요. 제 빚은 제가 갚을 거예요. 사사가 관여할 일이 아니란 말이에요."

"이상하군요. 아가씨의 반응이 말입니다."

"빚을 내 손으로 갚겠다는 게 뭐가 이상해요?"

"음, 아가씨가 그리 역정을 내시니 제가 뭐라 딱히 드릴 말씀은 없지만, 괜한 걱정을 하시는가 싶어서 말입니다."

우희명은 그의 침착한 음성이 오늘처럼 짜증이 난 적이 없었다.

하나 그녀가 어떤 생각을 하는지 상관없다는 듯 사사는 하던 말을 계속했다.

"위지극 말입니다. 물론 께름칙하긴 하나 교의 행사를 방해할 정도는 되지 못합니다. 딱히 관심을 둘 필요도 없지요. 그러니 너무 불안해하시지 않으셔도 됩니다."

"……!"

우희명은 그가 자신의 머릿속을 훤히 들여다보고 있는 것만 같았다.

"약속만 해주시면 되요."

"그리하지요."

이번엔 사사가 웬일인지 즉각 대답했다.

우희명은 그래도 뭔가가 목에 걸린 듯 답답했으나, 어쨌든 약속은 받아냈으니 그것으로 만족할 수밖에 없었다.

"그럼 전 이만 갈게요."

"살펴 가십시오."

사사가 뒤에서 고개를 숙였다.

우희명은 돌아가는 길에 사사가 한 말들에 대해 곰곰이 생각했다.

그런데 생각하면 생각할수록 짜증이 나고 어처구니가 없었다.

사사가 거짓말을 할 리 없으니 결국 자신이 위지극의 연극에 놀아난 꼴이다.

"잘도 속였겠다. 으으… 나쁜 놈!"

하지만 비록 그럴지라도 계획에 변경은 없다.

나쁜 놈이든 착한 놈이든 일단 만나야 했다.

"아무래도 일단 만나면 몇 대 때려놓고 이야기해야겠어. 그래야 속이 좀 풀리지. 장래의 낭군이고 뭐고, 이대론 못 참아."

시간이 흐르면 흐를수록 그녀의 걸음은 빨라졌고, 씩씩대는 숨소리는 커져만 갔다.

第十四章
환계(還計)

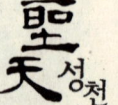

어두컴컴한 암굴.

단지 몇 개의 등불만이 주위를 밝히고 있어 으스스하기 짝이 없다.

암굴을 지나 직진하면 대전과도 같은 커다란 공간이 나오는데, 이곳이 바로 적존교의 약왕전이었다.

"오셨습니까."

우백이 나타나자 붉은 천을 치렁치렁 늘어뜨린 넝마와 같은 옷을 입은 자가 깊이 허리를 숙였다.

약왕전주 학지명.

한때, 중원사대명의였던 그는 삼십여 년 전 실종되었는데,

그런 그가 적존교에 투신해 있었다는 사실은 놀라운 일이었다.

"오늘인가?"

"그렇습니다."

그는 우백을 안내해 더욱 안쪽으로 들어갔다.

그그긍!

막다른 벽에 다다르자 기관음이 작동하며 돌벽이 열렸고, 내부의 모습이 드러났다.

가장 먼저 눈에 들어오는 것은 두꺼운 철창이었다.

높이는 일 장에 다다르고 두께만도 세 치가 족히 넘는 철창.

우백의 시선이 철창 넘어 어둠 속을 헤집었다.

"ㅎㅎㅎ……."

그의 시선을 접했음인가? 철창 안에서 기괴한 웃음소리가 들려오기 시작했다.

바로 코앞에서 들려오는 듯하면서도 멀게 느껴지는 소리.

"어떤가?"

"이미 성공한 지 오래입니다. 오직 때만을 기다리고 있었지요."

우백은 철창에서 시선을 거두고는 학지명을 바라봤다.

"아니, 자네의 기분을 묻는 걸세."

그 말에 학지명은 몸을 한차례 부르르 떨더니 갑자기 대소를 터뜨렸다.

"으하하하하!"

웃고 있는데도 그는 전혀 즐거워 보이지 않았다.

기쁨보다는 오히려 비참함이 느껴지는, 흐느낌보다 애통해 부르짖는 것으로만 들렸다.

그는 한참을 웃다가 큭큭대며 입을 열었다.

"제가 무례한 행동을 했군요. 하지만 너무 기뻐서 그럽니다."

우백은 아무 말도 하지 않았다.

그 순간,

타탕!

어둠 속에서 무언가가 튀어나오더니 철창에 부딪친 후 다시 어둠 속으로 사라졌다.

"저잔가?"

우백은 조용히 물었다.

학지명의 눈에서는 불똥이 튀고 있었다.

"그렇습니다. 저자가……."

그가 또 격분하려 하자 우백은 말을 돌렸다.

"저자를 제외하고 모두 몇 명인가?"

학지명이 금세 이성을 찾고 대답했다.

"일전에 말씀드렸던 바와 같이 서른둘입니다."

"모두 풀어주게."

"하하하, 모두 풀어주는 것입니까?"

"그래, 서른둘 모두야."

"좋습니다. 교주님 뜻이 그러하시다면 저야 따를 뿐이지요. 저놈들, 기뻐하겠군요. 그토록 그리워하던 집에 돌아가게 돼서 말입니다."

우백은 부드러운 미소를 지었다.

"그래, 당연히 그래야지."

학지명은 잠시 그를 바라보다 갑자기 무릎을 털썩 꿇더니 부복했다.

"모든 게 교주님의 덕입니다. 저를 받아주시고 제 꿈을 실현시켜 주셨으니 이 은혜를……"

"됐네. 알았으니 그만 일어서게."

우백의 말에도 그는 한참을 있더니 이윽고 천천히 몸을 일으켰다.

그의 얼굴은 알아보기 힘들 정도로 눈물에 젖어 있었다.

우백은 그의 심정을 이해하는지 잠시 그의 얼굴을 쳐다보다 신형을 돌려세웠다.

"나는 가겠네."

그가 약왕전을 뒤로하고 나올 때 뒤에서 찢어지는 듯한 학지명의 고함 소리가 들려왔다.

"이놈, 노(露)가야! 어디 한 번 마음껏 휘저어봐라! 예전처럼 말이다! 예전처럼……!"

*　　　*　　　*

 인청각에 소속된 후로 위지극의 생활은 예전보다 한층 평화로웠다.
 따로 자신의 일 외에는 신경 쓸 것도 힘들 것도 없었다.
 만약 위지극에게 목표가 없었다면 평화롭다 못해 지루했을 것이다.
 이유는 단 하나.
 딱히 인청각원으로서 할 일이 없었기 때문이다.
 나중에 들어보니 인청각의 일이란 게 항상 있는 게 아니었다.
 모두 각자의 연공에 충실하다 회에 문제가 생기거나 하면 그때서야 나서는 방식이었다.
 위지극에겐 오히려 다행이었다.
 그에게 급한 것은 연공이었으니까.
 해서 위지극은 날이 밝으면 사취암으로 향했고, 날이 저물고 나서야 돌아왔다.
 물론 그가 굳이 사취암에서 연공할 필요는 없었다.
 이미 북무림회의 일원이 된 그에겐 연무심당(研武心堂)을 이용할 수 있는 자격이 있었다.
 연무심당은 사취암과 달리 각종 병기와 기본적인 무공서,

그리고 남에게 방해받지 않고 연공할 수 있는 좋은 시설이 갖춰진 곳으로, 다른 이십일조원들은 그곳에서 연공했다.

하나 위지극은 왠지 사취암이 더 좋았다.

그곳이 위지극에겐 아늑했고, 더 편안했다.

변화도 있었다.

위지극이 인청각원이 된 다음날, 그는 홀로 사취암에 들었다.

그리고 자심연도를 익히려는 순간, 내현지성이 발해졌다.

칠성(七成).

밑도 끝도 없이 칠성이었다.

바로 엊그제가 오성이었는데 이틀 만에 두 단계를 뛰어넘은 것이다.

위지극은 당황스러웠다.

하지만 이내 그 원인을 짐작할 수 있게 되었다.

혁조영이 해답이다.

그녀가 익힌 무량광신공, 아니, 무변광신공이 열쇠였다.

위지극은 혁조영이 주화입마에 빠지자 자신이 익힌 무공이 아닌 무변광신공을 그녀의 몸속에서 이뤄냈다.

만류귀종.

모든 무공은 하나로 통한다 했다.

천여 개가 넘는 무공을 토대로 만들어진 혼원무흔검법과 무흔심결이다.

어이없게 얻은 무변광신공이긴 했으나 자심연도에 자극제가 되었다.

덕분에 위지극은 자심연도를 육성이 아닌 칠성의 성취까지 이뤄냈고, 더불어 혼원무흔검법의 성취 또한 그만큼 상승할 수밖에 없었다.

기연이라면 기연이었다.

다행이라면 무량광신공이 남자만이 익힐 수 있는 데 반해 무변광신공은 남자와 여자 모두 익힐 수 있는 심공이라는 데 있었다.

만약 그렇지 않았더라면 무흔이 만들기에 힘들었을지도 몰랐다.

어찌 됐든 그 일 이후 위지극의 자심연도와 혼원무흔검법은 다시 급속도로 발전하기 시작했다.

벽자검도 슬슬 손에 익어가고, 우극탄천을 펼쳐 내는 데 있어 한 번까진 무리가 없었다.

"좋아."

위지극은 연공을 끝내고 자리에서 일어섰다.

이제 조금만 더 힘을 내면 팔성에 이를 수 있을 것만 같았다.

점심도 거른 채 매진한 결과이다.

"위지극, 여기 있어?"

갑자기 들려온 목소리에 위지극은 흠칫하고 놀랐다.

'그 계집애닷.'

목소리의 주인은 혁조영이었다.

그녀는 그날 이후로 얌전했다. 얌전하다 못해 소심해 보이기까지 했다.

위지극은 혀를 내두를 수밖에 없었다.

인상을 쓰며 자신을 몰아붙이던 사람과 동일 인물이라는 게 믿기지 않았다.

워낙 이른 아침에 사취암에 오기 때문에 그녀와 마주칠 기회는 몇 번 없었지만 그마저도 꺼림칙했다.

혁조영은 아직까지도 고맙다는 말을 하지 않았다.

그러니 좋게 봐줄 수가 없었다.

그렇게 아무 일 없이 지나갔는데, 갑자기 오늘 이렇게 사취암까지 나타나 자신을 찾고 있는 것이다.

위지극은 모른 체하려다 어쩔 수 없다는 듯이 말했다.

"여기 있다."

그 말이 끝나자마자 혁조영이 들어왔다.

한데 이상했다.

그녀는 고개를 들지 않고 있다.

마치 죄지은 아이 같았다.

"너, 왜 그래?"

그녀는 한참 동안 묵묵히 있다가 겨우 입을 열었다.
"고마워……."
기어들어 가는 목소리다.
위지극은 순간 자신이 잘못 들었나 싶었다.
"웬일이야? 그런 말도 하고."
나오는 말이 퉁명스럽다.
"그게… 생각해 봤는데……."
그녀는 머뭇거렸다.
보는 위지극이 답답해 속이 터질 것 같았다.
"아무래도 고마워해야 할 것 같아서."
"뭐?"
고마우면 고마운 거지 고마워해야 할 것 같다는 또 뭔가?
"됐어. 그런 말 들으려고 한 거 아니니까 그렇게 신경 안 써도 돼."
위지극은 기분이 꽉 상해 건성으로 말했다.
그러자 혁조영이 갑자기 꾸벅 허리를 숙이는 게 아닌가.
"미안."
'어라?'
위지극은 당황했다.
이런 전개는 전혀 예상치 못했다.
그날처럼 화를 내며 대들 줄 알았는데…….
"야, 야, 알았으니까 고개 좀 들어."

위지극은 달려가 그녀를 일으키다 갑자기 눈을 똥그랗게 떴다.

"너… 울어?"

그녀는 울고 있었다.

위지극은 그녀의 눈물을 보자 자신이 못할 짓을 한 듯한 착각이 들었다.

분명 잘못한 게 없는데 말이다.

혁조영은 훌쩍이면서도 계속 말했다.

"그게… 내가 다른 사람하고 이야기를 많이 안 해봐서 어떻게 해야 할지 잘 모르겠어. 미안한 것도, 고마운 것도 어떻게 말해야 되는지……."

"그야 미안하면 미안하다, 고마우면 고맙다고 하면 되지 그게 뭐가 어려워. 자자, 울지 말고."

위지극은 얼떨결에 달래기 시작했다.

울고 싶은 건 자신이었다.

아닌 밤중에 홍두깨라고, 갑자기 이게 무슨 꼴인가.

혁조영은 한참 만에야 울음을 그쳤다.

돌바닥에 마주 앉은 채 위지극은 그녀를 물끄러미 쳐다봤다.

"너, 참 웃긴다."

"……."

혁조영이 또랑또랑한 눈으로 위지극을 바라봤다.

"지난번하고 너무 다르잖아, 너. 그때는 잡아먹을 듯이 그래놓고."

"그땐 당황한데다 화가 나서."

"허, 화가 나면 그런 거야? 평소엔 얌전하다가?"

혁조영은 살며시 고개를 끄덕였다.

"나도 잘 모르겠는데, 화가 나면 용기도 나고, 힘도 나고 그래서… 그땐 정말 미안했어."

위지극은 어이가 없었다.

화가 나면 당연히 소리칠 수 있다.

없던 힘도 솟는다.

하지만 이건 정도를 지나쳤다.

위지극은 고개를 설레설레 저었다.

"모르겠다, 정말. 근데 그 말 하려고 여기까지 온 거야?"

"그 이유도 있지만 그보다 궁금한 게 있어서."

뭐를 궁금해하는지 대충은 알고 있었지만, 위지극은 모른 체하고 물었다.

"뭔데?"

"네가 어떻게 내가 익힌 심법을 알고 있는지……."

"그야 뭐, 어쩌다 보니……."

위지극은 두루뭉술하게 대답했다.

이는 그녀가 아무리 궁금해한다 해도 알려줄 수 없는 것이

환계(還計) 149

었다.

혁조영은 위지극의 눈만을 주시한 채 가만히 있다가 마치 혼잣말하듯이 말을 이었다.

"난 항상 머리가 아팠어. 잠도 제대로 못 잤고. 몇 번이나 의원을 찾아가 봤지만 원인을 알아내지 못했어."

위지극은 그녀가 무슨 말을 하나 집중해서 듣기 시작했다.

"그런데 그날 이후로 두통이 사라졌어. 왜지?"

"내가 말했잖아. 남자만 익힐 수 있는 무공을 네가 하고 있다고."

"분명 그랬지. 그래서 난 그날 이후로 연공하지 않았어. 하지만 연공을 중단한 것은 이번이 처음이 아니야. 예전엔 한 달도 넘게 안 한 적이 있었지만 그때도 두통은 사라지지 않았어. 솔직히 말해줘. 내게 무슨 짓을 했지?"

"무, 무슨 짓이라니? 어째 말이 조금……."

혁조영은 고개를 가로젓더니 다시 말했다.

"미안. 또 이러네. 어떻게 내 병을 고친 거야?"

위지극은 그녀가 무서웠다.

갑자기 또 언제 와락 달려들지 모른다는 불안이 엄습해 오기 시작했다.

"그건 네가 익힌 무량광신공을 개선한 무변광……."

위지극이 거기까지 말했을 때다.

"뭣!"

느닷없이 혁조영이 달려들더니 위지극의 멱살을 움켜잡았다.

"방금 뭐라고 했어?"

"캐캑! 내 이럴 줄……. 이거 놓고 말해, 놓고."

"뭐라고 했냐고?"

"무, 무량광신공."

혁조영은 손을 풀었다.

그녀는 무량광신공을 몇 번이나 되뇌더니 다시 물었다.

"네가 어떻게 나도 모르는 무공 명을 알고 있는 거야?"

"뭔 소리야? 네가 왜 몰라?"

"몰랐어. 네가 말하기 전까진 그게 무량광신공인지 뭔지 몰랐다고."

"그럼 지금까지 너는 네가 하고 있는 게 뭔지도 몰랐단 말이야?"

그녀는 위지극에게서 시선을 떼지 않은 채 고개를 끄덕였다.

"그래. 나만 그런 게 아니야. 아버지도 몰라서. 처음부터 이름이 없는 무공이었어."

위지극은 기가 막혔다.

회주란 사람이 자기가 익힌 무공의 이름도 모르고 있었단 말인가?

"이름도 모르고 도대체 어떻게 익힌 거야?"

질문하는 사람이 위지극으로 바뀌었다.
"그건……."
그 무공을 처음 발견한 사람은 그녀의 조부였다.
그는 강호인이 아닌 농사꾼이었다.
글도 읽을 줄 모르는 무지한 촌민이었다.
그런 그가 혁우상을 낳고 나서 얼마 지나지 않아 다락에 굴러다니고 있는 책 하나를 발견했다.
책은 심하게 헐어 있었고, 겉표지도 어디론가 사라져 알맹이만 남아 있는 채였다.
글을 모르는 그는 마치 사서처럼 교육을 위한 책이라 생각하고 있다가 아들이 글을 읽을 나이가 되자 선물로 주었다.
책을 받아 든 혁우상은 얼마 지나지 않아 그것이 무공 비급이란 사실을 깨달았다.
하나의 심법과 두 개의 검법, 그리고 하나의 장법.
현재의 혁우상은 그때부터 예견되어 있었다.
'그랬었군. 그래서 이름도 모른 채…….'
위지극은 내막을 알게 되자 동정심이 일었다.
아마도 여인이 익혀서 안 된다는 사실이 비급에는 적혀 있지 않았나 보다.
아니면 잃어버린 표지에 적혀 있었던지.
위지극은 잠시 생각한 후 결정을 내렸다.
"내가 어떻게 그 무공을 아는지에 대해선 말해줄 수 없다.

대신."

 위지극은 혁조영을 보며 웃었다.

 "네가 익힐 수 있는 무공을 가르쳐 줄게."

 혁조영은 빤히 바라보다 물었다.

 "네가 왜?"

 "너에게 선물로 주라고 한 사람이 있거든. 그 사람이 너를 위해 만든 무공이니까."

 위지극은 흐뭇한 미소를 짓고 있었다.

 혁조영은 그 말에 큰 충격을 받은 듯 한동안 멍한 표정이었다.

 자신만을 위해 만든 무공이 있다.

 사람들은 자신을 피하기만 했다.

 회주의 아들인데도 상대해 주지 않았다.

 그런 자신에게······.

 또 눈물이 나오려 했다.

 "그··· 게 누군지 말해줄 수 있어?"

 위지극은 여전히 미소를 떠올린 채 고개를 저었다.

 "그건 안 돼."

 "그 정도는 알려줄 수······."

 "절대 안 돼. 대신 한 가지는 가르쳐 줄 수 있어. 네가 그 사람을 보게 될 일은 없을 거야."

 "돌아가셨어?"

"아마도……."

위지극도 무혼이 죽었으리라 확신하진 못했다.

언젠가부터 어렴풋이 드는 생각은 그가 살아 있을 것만 같았다.

혁조영은 고개를 숙이고 눈을 감았다.

누군지 모르는 그의 명복을 빌고 있으리라.

이윽고 그가 눈을 떴을 때, 위지극은 자리에서 일어서고 있었다.

"가려고? 가르쳐 준다더니."

"너무 늦었잖아. 그리고 나 배고파."

혁조영은 실망한 기색이 가득했다.

마음먹고 시작해 보려는 순간 맥 빠지는 소릴 들었으니.

"아, 그리고 내가 직접 가르칠 수는 없고, 책자를 만들어줄 테니 혼자서 익혀."

위지극이 나가려 하자 혁조영이 따라 나섰다.

"그럼 이름만이라도 알려줘."

"무변광신공."

혁조영의 얼굴이 환히 밝아졌다.

이름도 멋졌다. 무변광신공.

한데 그렇게 되면 위지극이 자신에게 사부가 되는 것이 아닌가?

"이제부터 사부라 불러도 돼?"

"뭐?"

위지극은 걸음을 멈췄다.

"무공을 가르쳐 줬으니 사부 맞잖아."

"안 돼. 난 지금 내 앞가림도 못한다고. 너한테 그렇게 불릴 자격 없어. 그리고 글로 적어주는 건데 사부는 무슨……."

"그래도… 그럼 단둘이 있을 때만."

"몰라, 몰라. 아무튼 난 네 사부 아니야."

위지극은 더 이상 말하기 귀찮은지 그 말만을 남겨놓고 가버렸다.

남겨진 혁조영은 그의 뒷모습을 한동안 바라보고 있었다.

마침내 그가 시야에서 완전히 사라지자 그녀는 조용히 읊조렸다.

"사부……."

혁조영은 환한 미소를 짓고 있었다.

*　　　　*　　　　*

하남성 등주(鄧州).

그곳엔 십여 개에 달하는 문파가 있지만 그중에서도 가장 세력이 크다 할 수 있는 곳은 유금도문(流金刀門)과 현사문(玄沙門)이었다.

유금도문의 문주 등곽(瞪郭)은 점심 식사를 마친 후 한잔의 차를 들며 여유로운 시간을 보내고 있었다.

그는 이 며칠간 매우 기분이 흡족한 상태였다.

그도 그럴 것이, 지역의 패권을 다투던 현사문과 협정을 맺었기 때문이다.

사실 현사문과는 끝나지 않는 싸움이나 마찬가지였다.

문도 수도 비슷하고 실력도 비슷했다.

쉽게 결판이 나지 않는 싸움이 지지부진 계속됐고, 양쪽은 점점 지쳐 갔다.

강호의 싸움이라고는 하나 죽은 사람의 숫자는 손에 꼽을 정도다.

강호에선 보통 힘이 비등한 두 세력이 맞붙으면 양패구상 하는 것이 일반적이었으나 이들은 달랐다.

거기엔 이유가 있었는데, 유금도문주와 현사문주 모두 살생을 꺼리는 바가 컸기 때문이다.

강호인이면서도 사람의 목숨이 귀한 줄 아는 두 사람.

그 덕분에 싸움은 부상자가 나는 선에서 그치곤 했다.

그러니 끝이 나지 않을 수밖에.

하나 이런 두 문파가 협정을 맺게 된 결정적 이유는 엉뚱한 데 있었다.

유금도문주의 딸과 현사문주의 아들이 사랑을 하게 된 것이다.

사랑은 전쟁도 뛰어넘는다고 했던가. 꼭 그 말대로였다.

결국 두 사람의 중재하에 두 문파는 협정을 맺었고, 싸움은 그렇게 끝이 났다.

등곽은 차를 들며 딸을 생각했다.

이제 겨우 열일곱, 빠른 나이에 시집을 보내고 나니 어딘가 모르게 허전하기도 했지만, 현사문과는 지척의 거리. 마음만 먹으면 언제라도 볼 수 있었다.

혼인을 한 지 닷새째.

벌써부터 보고 싶다고 툴툴댄다면 팔불출 같은 아버지가 되고 말건만, 딸자식을 생각하는 아비의 마음은 모두 똑같은지 보고 싶은 마음까지야 어쩔 수 없었다.

그런 그리움을 달래주는 차 한잔이 달면서도 쓰다.

"문주님!"

제자 중 한 명이 그를 부르며 뛰어왔다.

등곽은 인상을 한 번 찌푸리고는 찻잔을 내려놓았다.

차의 여운을 느끼던 차에 방해를 받자 갑자기 차 맛이 쓰게만 느껴졌다.

"무슨 일이냐?"

"손님이 오셨습니다."

"손님? 누구더냐?"

"그게… 처음 보는 사람인데, 이름은 밝히지 않고 문주님을 모셔오라고만……."

"허!"

등곽은 혀를 찼다.

"그래서 이름도 모른 채 이렇게 헐레벌떡 뛰어왔다?"

"죄송합니다. 하지만 문주님이 직접 나와서 맞아야 할 사람이라고 말했습니다."

그는 기가 막혔다.

신분도 밝히지 않은 채 일파의 종주를 오라 가라 하는 인간이 있다니.

"가서 직접 오라고 전해라."

"만나시겠습니까?"

"그럼 당연히 만나야지. 나도 대체 누구기에 그리 기고만장한지 궁금하구나."

"알겠습니다."

제자가 사라지고 난 얼마 후, 커다란 방갓으로 얼굴을 감추고 짙은 회의 장삼을 입은 남자가 들어섰다.

그는 성큼성큼 걸어 등곽 앞에 오더니 우뚝 멈춰 섰다.

"나를 보고 싶다고 했소?"

등곽이 물었으나 방갓의 사내는 조용했다.

등곽의 짙은 눈썹이 한차례 꿈틀거렸다.

"무례하군. 손님으로 왔으면 손님의 예를 다해야 하는 것 아니오?"

그의 노성에 방갓의 사내는 한참 만에야 조용히 입을 열었다.

"손님이라……."

'응?'

등곽은 그의 목소리가 왠지 낯설지 않았다.

'어디서 분명 들어본 목소린데…….'

그가 기억해 내려 애를 쓰고 있을 때, 다시 방갓의 사내가 말을 했다.

"세월이 흐르니 내 목소리조차 기억하지 못하는구나."

그리고 방갓을 벗었다.

사내의 얼굴을 본 등곽은 안색이 대변했다.

"대사형!"

그는 급히 뛰어내려 와 사내 앞에 섰다.

"대, 대사형 아니십니까? 이… 이게……."

"이십 년 만인가?"

"그렇습니다, 대사형. 그동안 대체 어디에 계셨습니까? 사형이 갑자기 사라져 버려서 우리는……."

"사부님은 계시느냐?"

사내의 물음에 등곽의 표정이 일시에 가라앉았다.

"사부님께서는 이미 돌아가셨습니다. 벌써 십 년도 더 됐지요."

"그래, 죽었군."

그 말에 등곽이 깜짝 놀라 그의 얼굴을 쳐다봤다.

사내는 웃고 있었다.

아니, 사실 처음부터 웃고 있었다.

그때는 다시 만나 반가울 테니 웃고 있는 모습이 당연해 보였다.

그래서 신경 쓰지 않았다.

하지만 지금은…….

왜 사부가 돌아가셨다는데 저런 표정을 짓고 있는가?

대사형은 누구보다 사부와 정이 깊었다.

사부뿐만이 아니다. 사제들을 마치 친동생들처럼 아꼈다.

그렇게 정이 넘치던 사형이었는데, 지금은 사부의 죽음에 '죽었다'는 표현을 쓴다.

그리고 웃는 모습도 어딘가 이상하다.

가면을 씌워놓은 듯 어색하기만 했다.

하지만 자신이 모르는 동안 사형이 어떤 고생을 했는지 알지 못했으므로 등곽은 이해하려 했다.

"일단 들어가시지요."

"좋다. 나도 너희들에게 할 이야기가 많다."

사내는 등곽의 뒤를 따랐다.

자리에는 세 사람이 앉아 있었다.

방갓의 사내와 등곽, 그리고 그의 아내 음여현.

먼저 말을 꺼낸 것은 등곽이었다.

"어찌 그리 사라지셨습니까? 사부님과 저희 모두는 사형이 변을 당했다고만 생각했습니다."

이십 년 전, 한창 잘나가던 신진 고수 중 한 명, 유금도문의 대제자 노대후(露大煦)가 어느 날 갑자기 실종되었다.

그의 사부는 백방으로 수소문했으나 그의 흔적을 찾을 수가 없었다.

어디서 싸움이라도 벌어져 목숨을 잃었다면 소문이라도 있었을 텐데 그조차도 없었다.

마치 땅으로 꺼져 버린 듯 사라져 버렸다.

"사형……."

음여현이 노대후를 조심스럽게 불렀다.

그녀의 얼굴엔 안타까워하는 빛이 가득했다.

"사매도 건강해 보이는군."

"사형, 죄송해요. 저희는 사형이 죽은 줄로만 알고……."

음여현은 원래 노대후의 연인이었다.

그러나 노대후가 그렇게 사라지고 몇 년이 흐르자, 그녀의 기억에서 노대후는 잊혀졌다.

대신 그 자리를 메운 것이 등곽이다.

때문에 이렇게 면전에서 옛 연인을 대하는 마음이 편안할 리 없었다.

그러나 노대후는 여전히 미소를 지우지 않았다.

"괜찮다. 사매의 탓이 아니니까 나에게 미안해할 필요없다."

"하지만……."

그녀는 말을 잇지 못했다.

"사형, 그동안 어디 계셨습니까?"

분위기가 어색해지려 하자 등곽은 화제를 노대후의 실종으로 돌렸다.

"무공을 익혔다."

"무, 무공 말씀이십니까? 그게 어찌……."

등곽이 당황해하는 것은 당연했다.

한 문파의 대제자로 있는 사람이 사부에게 일언도 남기지 않은 채 무공을 익히러 떠났다?

쉽게 납득이 가지 않는 말이었다.

"그래. 무공을 익히러 떠났지. 강한 무공을."

"하면 말씀이라도 남기고 가지 그러셨습니까? 사부님께서 얼마나 걱정하셨는지 아십니까?"

"당연히 안다. 그래서 이렇게 돌아왔다."

그러더니 품에서 하나의 옥패를 꺼내 탁자에 올려놨다.

"이것은……?"

옥패를 알아본 등곽이 옥패와 노대후를 번갈아 쳐다봤다.

"이 물건을 알아보겠지? 그럼 이제 네가 어찌해야 되는지도 알겠구나."

등곽은 일시에 말문이 막혔다.

노대후가 내놓은 옥패는 유금도문의 문주만이 지닐 수 있는 옥문패였다.

 등곽은 어떻게 노대후가 이 물건을 가지고 있는지 알 수 없었다.

 사실 등곽은 정식으로 문주 직을 이어받은 게 아니었다.

 그의 사부이자 전대 문주가 갑자기 세상을 떠났기에 남아 있는 제자 중 가장 큰 제자였던 등곽이 자연스레 문주에 오른 것이다.

 당시 그는 옥문패를 찾기 위해 사부의 유품을 샅샅이 뒤졌지만 끝내 찾지 못했다.

 한데 그런 옥문패를 사라졌던 노대후가 가지고 있었으니 당황스럽기 짝이 없었다.

 그가 하고자 하는 말은 하나였다.

 문주 직을 내놓으라는 것.

 "사형, 비록 사형이 옥문패를 지니고 있다고는 하나 문주가 어찌 패 하나에 바뀔 수 있겠습니까. 저의 사정도 헤아려 주십시오."

 "오호, 너는 옥문패의 주인이 곧 문주라는 문규를 어기겠다는 뜻이냐?"

 등곽은 그가 막무가내로 나오자 답답했다.

 "하지만 사형이 사라진 뒤 사부님께서도 옥문패에 관한 말씀은 없으셨습니다. 하니……."

 "하니 내가 훔쳤다?"

"그렇게 말하진 않았습니다, 사형. 어찌 이리 저를 곤란하게 하십니까."

듣다 못한 음여현이 끼어들었다.

"사형의 마음은 이해하나 그래도 지금은 이이가 어엿한 문주이지 않습니까? 그렇게 윽박지르는 것도 도리에 어긋나는 듯싶습니다."

노대후는 그녀를 쳐다보며 웃었다.

"그래? 네 생각도 그렇단 말이지?"

노대후의 음성이 차갑게 느껴지는 것은 기분 탓이었을까? 음여현은 순간 등골이 오싹했다.

"좋다. 너희들이 정 그렇게 생각한다면 나도 하나 물어보자."

그는 다시 등곽에게 시선을 주었다.

"예전의 사제들은 다 어디로 갔지?"

느닷없는 질문이긴 했으나 등곽은 사실대로 대답했다.

"그들은 대부분 등주 안에 살림을 차리고 있습니다. 일이 있을 때 모이지요."

"그럼 제자들은 몇이나 되나?"

"오십이 조금 넘습니다만, 왜 그러십니까?"

노대후는 등곽의 물음엔 대답하지 않고 천천히 고개를 끄덕이며 중얼거렸다.

"그 정도면 충분하구먼."

"무슨 말씀이신지……?"

노대후는 그를 보며 다시 웃었다.

"사제, 그럼 이건 자네 것이 되어야 도리에 맞겠군."

그는 옥문패를 집어 들었다.

"그렇긴 하지만 사형께서 가지고 오셨으니……."

"아니, 아니야. 이건 네가 주인이야. 네가 이곳의 문주이니 당연하잖아?"

순간 등곽은 노대후의 눈을 보고 가볍게 몸을 떨었다.

그의 눈동자가 점점 붉어지고 있었다.

"사, 사형, 괜찮습니까?"

"물론 난 괜찮아. 괜찮지 않은 건 너지."

그의 말이 끝나는 순간,

갑자기 옥색 빛이 허공을 갈랐다. 그리고,

퍼억!

옥문패가 등곽의 미간에 그대로 틀어박혔다.

그의 눈동자가 서서히 뒤집어지기 시작했다.

그리고는 힘없이 탁자에 머리를 부딪치며 쓰러졌다.

"아악!"

뒤늦게 음여현의 비명이 터져 나왔다.

"여… 여보!"

그녀는 급히 일어나 등곽을 일으켜 품에 안았다.

하지만 그는 이미 숨이 끊어져 있었다.

미간 깊숙이 옥문패를 박은 채.

"호들갑 떨지 마. 겨우 사람 하나 죽은 것 가지고."

"당신… 당신이……."

그녀는 분노와 슬픔으로 제대로 말도 하지 못했다.

"사매, 날 사랑하지?"

그는 웃고 있었다.

동문을 처참히 죽여놓고 그의 아내 앞에서 웃고 있었다.

'미쳤어.'

음여현은 오로지 이 생각밖에 들지 않았다.

미쳤다. 그것도 완전히 미쳤다.

그녀는 부들부들 떨며 벽으로 걸어갔다.

그리고 벽에 걸려 있던 도를 집어 들었다.

남편의 애병이다.

"어허, 그러지 마. 나는 아직도 사매를 사랑해. 그래서 오늘 한참 기대하고 왔단 말이야. 사매와 함께 사랑을 나누게 되기를."

그녀는 도를 잡고 있는 팔을 주체하지 못하고 떨었다.

혼인을 한 이후 도를 들지 않았다.

들 필요가 없었다.

남편이 문주인데 자신까지 무공을 익혀 무엇 하랴.

너무나 안이한 생각이었다.

이런 일이 생길 줄 알았더라면, 그랬더라면…….

도무지 승산이 없다.

남편의 복수를 해야 하는데, 눈앞의 악마를 이겨낼 자신이 없었다.

눈물이 흘러내리기 시작했다.

꾹 다문 입술에선 피가 흘렀다.

"무리하지 말라니까. 자, 이리 와."

노대후가 자리에서 일어섰다.

그녀는 마지막 힘을 짜내 도를 부서져라 쥐었다.

그리고 힘껏 휘둘렀다.

"쯧쯧, 더럽게."

퍽!

노대후는 자신의 발밑까지 굴러온 음여현의 머리를 걷어차 부수어 버렸다.

이어 등곽의 이마에서 옥문패를 끄집어내더니 옷으로 겉에 묻은 육편을 닦아냈다.

호호 불어가며 정성스럽게 닦은 그는 만족스러운 듯 고개를 끄덕였다.

"흐음, 역시 단단하구먼. 흠집 하나 없고."

그러는 와중에도 노대후의 얼굴엔 예의 미소가 피어올라 있었다.

그는 다시 자리에 돌아와 앉더니 탁자에 양다리를 꼬아 올려놓았다.
 "자, 그럼 이제 슬슬 문도들을 불러 모아볼까? 다들 환영해야만 할 거야. 새 문주의 탄생을."

第十五章
마찰(摩擦)

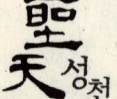

"천기를 읽고 계십니까?"

촌장은 밤하늘을 올려다보고 있다가 중년인의 말에 그를 힐끔 쳐다봤다.

"천기는 무슨, 내가 그런 걸 알 것 같아?"

중년인의 입가에 한줄기 미소가 떠올랐다.

"당연히 아시겠지요."

"실없는 소리 말고 네 할 일이나 해."

촌장은 중년인을 무시하듯 다시 하늘로 고개를 돌렸다.

중년인은 미소를 지우지 않은 채 자신도 하늘을 올려다봤다.

"예전 일이 아직도 생생합니다."

촌장은 대꾸하지 않았다.

그래도 중년인은 꿋꿋이 말을 이었다.

"촌장님께서 천기를 읽고 저를 구하러 오지 않으셨다면 전 아마 그날 목숨을 잃었을 겁니다."

그제야 촌장이 한마디 했다.

"안 죽었어."

"죽었습니다."

"이놈아, 부끄럽지도 않냐? 그런 말을 하게."

"부끄러울 게 뭐 있겠습니다. 모든 게 제 행동 탓인데 말입니다."

"어이쿠, 현자 나셨네. 그래, 그래. 다 네 탓이다. 마누라 잘 만나서 좋았겠다, 이놈아."

중년인의 미소가 조금 변했다.

쓸쓸해 보이는 미소다.

"이봐, 위선(爲善)."

"어인 일로 저를 그리 부르십니까?"

중년인은 의외라는 표정이었다.

하나 촌장은 피식 코웃음을 쳤다.

"내 마음이다. 그리고 자책하지 마. 네 덕에 득 본 사람들도 많으니 말이다."

중년인은 그를 물끄러미 바라보다 장난스럽게 말했다.

"촌장님이 가장 득을 보셨죠."

"흠, 내 부정하진 않겠다. 하지만 다시 하라고 하면 난 절대 안 한다. 그 짓은 한 번으로 족해."

"저도 미련없습니다."

촌장은 머리를 벅벅 긁고는 허리에 찬 술병을 꺼내 입에 물었다.

"또 드십니까? 술 드시기로 한 날은 벌써……."

"아직 안 지났어. 저기 봐. 아직 달도 안 졌잖아."

"촌장님, 하루는 달이 아니고 해로 따지지 않습니까?"

"난 달로 해."

그리고는 꿀꺽꿀꺽 술을 들이켰다.

그 모습을 지켜보던 중년인이 가볍게 한마디 했다.

"이를 겁니다."

그 말에 촌장이 놀라 술을 뿜어냈다.

그는 중년인을 흘겨보았다.

"야비한 놈. 기껏 살려냈더니 은혜를 원수로 갚아?"

"하하, 드디어 인정하시는군요. 절 구해줬다는 사실 말입니다."

"잘났다, 이놈아."

촌장은 자리에 털썩 주저앉았다.

중년인도 따라 앉았다.

"걱정거리가 있으십니까? 오늘따라 안절부절못하시는 듯

마찰(摩擦) 173

한데."

"흐음."

"말씀해 주십시오. 제가 해결할 수 있는 일이라면……."

"아니다, 네가 나서서 될 일이."

"뭔가 문제가 있긴 있다는 말씀이시군요."

"문제라 하기에도 애매해. 아직 확실치 않으니까."

"죽음과 관계된 일은 아니군요."

중년인이 생각하기에 만약 그렇지 않다면 촌장이 불확실하다는 말을 하지 않았을 것이다.

그가 생각하기에 촌장은 확실히 천수를 읽을 수 있었다.

그러지 않다면 자신은 이미 저승에 가 있을 테니까.

"당연히 아니지. 어찌 네놈은 말끝마다 사람 죽는 이야기만 하냐?"

"죄송합니다."

"아무튼 만에 하나 문제가 생긴다 해도 네가 나갈 일은 없어."

"그럼 저 외에 다른 사람은 어떻습니까?"

촌장은 곰곰이 생각하다가 입을 열었다.

"그래, 그럴 수는 있겠군."

순간 중년인의 눈빛이 번쩍였다.

그러자 촌장이 아니꼽다는 듯이 쳐다보다가 버럭 소릴 질렀다.

"그만 가서 자. 잘 시간 지났어."

*   *   *

"들었어? 이번에 대대적으로 개편한다고 하는 말?"
소유아가 허겁지겁 이십일조 방에 뛰어들며 소리쳤다.
마침 점심을 들기 위해 사취암에서 돌아온 위지극 등 나머지 이십일조원들의 시선이 그녀를 향했다.
"뭘 개편해?"
책을 읽고 있던 위도곡이 물었다.
"우리 인청각 말이야. 조를 바꿀 수 있는 기회를 준대."
"몇 명이나?"
"몇 명이 아니라 전부 이동할 수도 있어."
"뭐?"
금산청이 자리에서 벌떡 일어났다.
지금까지도 조원이 바뀌는 일은 번번이 일어났다.
실력이 그만큼 향상되거나 혹은 그 반대로 하향되었을 시에 각주나 부각주, 또는 다른 윗사람들에 의해 이동되었다.
하지만 한 번에 많아야 대여섯에 불과했다.
"어떻게? 언제 한대?"
금산청이 묻자 소유아가 버럭 화를 냈다.
"그걸 왜 나한테 물어? 조장은 오라버니잖아. 내가 그것까지 알아와야 돼?"

금산청이 번개처럼 뛰어나갔다.

이곳에 앉아 소유아의 잔소리를 듣느니 직접 갔다 오는 게 더 나았다.

얼마 지나지 않아 금산청이 돌아왔다.

"유아 말이 진짜였네. 듣자 하니 삼 일 후에 한다고 하더라."

"어떻게요? 난 들어온 지 얼마 되지도 않았는데 포함되려나?"

위지극이 물었다.

혁조영도 바짝 긴장한 모습으로 금산청을 바라봤다.

"예외는 없는가 봐. 그리고 빠른 진행을 위해 조별로 겨룬데."

"에?"

소유아가 입을 헤 벌리며 말하자 사연화가 뒤를 이었다.

"그게 말이 돼요?"

"평가할 만한 마땅한 방법이 없었나 보지. 너도 생각해 봐라, 그게 제일 적당하잖아?"

사연화는 뭐라 말을 하려다 입을 다물었다.

사실 따지고 보면 그보다 나은 방법을 찾기란 쉽지 않았다.

위지극이 잠시 생각하다가 입을 열었다.

"있기야 있죠."

"그게 뭔데?"

"가장 뛰어난 고수 한 사람, 뭐 회주님이나 그런 분이 우릴 상대하면서 직접 평가하는 게 가장 좋지 않나요? 정확하기도 할 테고."

다른 사람들은 꽤 괜찮은 방식이라는 생각이 들었으나 금산청이 고개를 가로저었다.

"극이 방법도 좋긴 하지만 한 사람이 인청각 스물다섯 개 조, 도합 백오십을 상대하자면 죽어날걸? 게다가 회주님이 그런 일에 나설 리도 없을 테고."

"흐음, 듣고 보니 그도 그러네."

위지극은 쉽게 수긍했다.

아무리 고수라도 체력엔 한계가 있기 마련이었다.

"어찌 됐든 우리가 여기서 왈가왈부해 봐야 이미 결정난 거니 따를 수밖에."

"그럼 우린 몇 조랑 붙어요?"

"이게 또 웃긴 게, 무작위인가 봐. 우린 십칠조랑 하게 됐어."

"크……."

소유아가 울상을 지었다.

"이십삼조랑 하면 좋겠는데……."

"후후, 왜? 그러면 편할 것 같아서?"

"아무래도 십칠조보다야 낫겠죠. 오라버니는 걱정할 것 없잖아요. 우리 중에 그래도 가장 고수니까."

금산청이 자리에 앉더니 소유아를 지그시 쳐다봤다.

"유아야, 네가 말한 것 중에 잘못된 게 두 가지나 있다."

소유아가 눈을 치켜떴다.

"뭐가요? 다 맞는 것 같구먼."

"첫째로 난 네 말대로 느긋하지 않아. 이번 비무는 조원 전체가 이동하는 거야. 개인이 아니라. 그러니 우리 모두 잘해야만 해."

소유아가 웬일로 잠잠했다.

"그리고 한 명씩 이동한다 해도… 알지?"

그녀는 조용히 고개를 끄덕였다.

자신이 말실수를 했다는 사실을 깨달았다.

금산청은 뛰어난 고수임에도 이십일조를 떠나지 않고 있다는 사실을 잠시 잊고 있었다.

"그리고 또 하나, 내가 우리 중에 가장 무공이 강할지는 아직 몰라."

그는 위지극과 혁조영을 번갈아 바라봤다.

"저 두 사람은 이곳에 온 이후 실력을 보인 적이 없잖아. 특히 극이는 연공하는 모습도 보지 못했어."

위지극은 슬그머니 시선을 피했다.

"맞다!"

소유아가 팔짝 뛰어 위지극 앞에 섰다.
"흐흐, 이제 곧 정체가 드러나겠구나!"
그녀의 입가엔 장난기가 가득했다.
위지극은 그녀의 또랑또랑한 눈길이 부담스러워 반대쪽으로 고개를 돌렸다.
그러자 사연화가 대신 나섰다.
"극이 괴롭히지 말고 저리 가."
"왜 언니가 그래? 언니가 극이 보호자야?"
소유아가 따지듯이 묻자 이번에 위도곡이 점잖게 한마디 했다.
"극이도 우리 조야."
"홍! 자기도 궁금하면서 아닌 척하기는."
"자자, 이럴 때가 아니야. 앞으로 삼 일밖에 남지 않았어. 십칠조를 몰아내고 우리가 그 자리를 차지하려면 밤을 새워도 모자라. 모두 연무심당으로 출동!"
금산청이 모두를 밖으로 몰아냈다.
그에게 있어선 다시없는 기회였다.
정든 사람들과 함께 승급할 수 있는 기회 말이다.
"넌 또 사취암에 갈 거야?"
"네. 전 그곳이 편해요."
"연무심당도 편해. 방해하는 사람도 없고."
위지극은 대답하지 않았다.

조용히 웃을 뿐이었다.

금산청이 알겠다는 듯 고개를 끄덕였다.

"좋아, 연공이란 자신이 좋아하는 곳에서 해야 성취가 빠른 것도 사실이니까. 다만 우리 모두가 동료라는 사실을 잊으면 안 돼."

"잊지 않습니다. 절대로."

금산청이 위지극의 어깨를 두드렸다.

"좋다, 그럼 저녁때 보자."

다른 이들이 모두 나가자 방에는 혁조영과 위지극만 남았다.

그런데 이상한 것은 사취암에 가겠다던 위지극이 움직이지 않고 있다는 점이었다.

"사부, 안 가?"

혁조영이 물어왔다.

"사부가 같이 가야 궁금한 게 있으면 물어보는데……."

하나 위지극은 무언가를 생각하는지 대답하지 않았다.

'동료……'

위지극은 금산청이 말한 동료라는 말을 다시 생각하고 있었다.

맞다. 동료.

적존교에 대항해 함께 싸워야 하는 동료다.

죽음을 지켜봐야 할지도 모르는 동료, 위험에 처했을 때 서로 목숨을 지켜줘야 하는 동료.

그런데 자신은 그들에 대해 아는 게 무엇인가?

자신의 신분이야 비밀로 한다 치더라도 그들에 대해 아는 게 너무도 없었다.

위도곡이 무슨 무공을 익혔는지 모른다.

아니, 위도곡이 아니라 꽤 오랫동안 함께 있었던 사연화마저 어떤 검법을 익혔는지조차 몰랐다.

그래서 금산청이 그런 말을 했구나.

동료라는 사실을 잊지 말라고.

위지극은 갑자기 자신이 부끄러워졌다.

"가자."

위지극은 먼저 방을 나서서 밖으로 향했다.

"어? 어디로 가? 사취암은 이쪽인데."

뒤따라오던 혁조영이 한쪽을 가리켰다.

위지극은 뒤도 돌아보지 않고 말했다.

"연무심당!"

"조영, 여기 와본 적 있어?"

위지극이 연무심당의 정문에 서서 혁조영에게 물었다.

그녀는 힘없이 고개를 끄덕였다.

"그래? 난 처음이라 어떻게 이용하는지 몰라서. 네가 대신 좀 해줘라."

혁조영은 주저하는 눈치더니 마지못해 앞장섰다.

그녀는 먼저 장부에 소속과 이름을 기록하고 위지극에게도 똑같이 하라 했다.

이후 정문을 들어가자 그곳은 밖이 아니었다.

정문은 곧바로 하나의 커다란 방과 연결되어 있었다.

병기고.

위지극의 눈이 휘둥그레졌다.

대충 봐도 천여 개가 넘을 듯한 병기들이 사방을 가득 둘러싸고 있었다.

"뭐가 이렇게 많아. 설마 다들 병기도 없이 이곳에 오는 거야?"

위지극이 벽자검을 만지작거리며 말했다.

"당연히 자신의 병기는 지참하지. 그래도 꼭 그 병기만 사용하란 법은 없잖아. 그래서 검파에 속한 사람들도 도법이나 창법 정도는 조금씩 익혀두거든."

위지극은 고개를 끄덕이며 병기고를 지났다.

그러자 이번엔 탁 트인 연무장이 나타났다.

"아!"

이제야 연무장에 온 듯한 기분이 들었다.

꽤 많은 사람들이 각자의 병기를 휘두르고 있는 모습이 눈에 들어왔다.

곳곳에서 매서운 칼바람이 일고 있었고, 기합 소리가 터져 나왔다.
 한데 이상했다.
 왜 저렇게 다들 드러내 놓고 무공을 익히지?
 비밀스럽게 해야 하는 것 아니었나?
 "조영아."
 "응?"
 "여기, 사취암하고 분위기가 너무 다른데?"
 혁조영은 그가 무슨 소릴 하나 멀뚱거리다가 뒤늦게 말뜻을 이해하고는 씨익 웃었다.
 "사부는 바보. 연무심당은 이게 다가 아니야. 여기는 단지 몸을 풀기 위한 곳일 뿐이고, 진짜는 더 안쪽에 있어."
 위지극은 순간 머쓱해졌다.
 "그래? 그나저나 사부에게 말하는 것하고는……."
 "풉!"
 그녀는 입을 막고 웃다가 갑자기 한쪽을 가리켰다.
 "어! 저기, 저기 있다."
 그곳엔 이십일조원들이 모여 가볍게 검을 휘두르고 있었는데, 소유아만이 빈손이었다.
 위지극이 반가운 마음에 막 발을 떼려는 순간,
 "이거 누구신가?"
 한 청년이 그에게 다가왔다.
 곱상하게 생긴 외모에 키는 훤칠하여 위지극보다 서너 치는 더 컸다.

그리고 허리엔 벽자검이 매달려 있었다.

위지극은 그의 얼굴이 낯설지 않았다.

하지만 누군지 기억나지 않았다.

'어디서 봤더라?'

위지극이 아무 대답도 않고 멀뚱멀뚱 쳐다보자 청년의 얼굴이 눈에 띄게 일그러졌다.

"나 몰라?"

"모르겠는데……."

위지극은 고개를 저었다.

그는 얼굴을 찌푸린 채 위지극을 한참을 노려보다 바닥에 침을 탁 뱉었다.

"멍청한 자식."

위지극의 표정이 순간 딱딱하게 굳어졌다.

"어라? 극이잖아?"

한쪽에서 검을 휘두르던 위도곡이 멀리 있는 위지극을 발견하고 중얼거렸다.

"어? 정말이네? 근데 함께 있는 건 누구야?"

소유아도 알아보고는 소리쳤다.

금산청이 그 말에 자세히 위지극 쪽을 주시하더니 버럭 소리쳤다.

"아니, 저 자식이 또!"

그는 성큼성큼 빠른 걸음으로 위지극에게 걸어갔다.

그 뒤를 쫓아 나머지 이십일조원들도 따라갔다.

"무슨 짓이지?"

위지극의 음성은 평상시의 그것이 아니었다.

심히 불쾌함이 묻어 나오고 있었다.

"멍청한 놈보고 멍청하다 했을 뿐이다. 얼마나 지났다고 그새 잊어버려?"

위지극은 처음엔 곱상하게 생겼다 생각했던 그의 얼굴이 갑자기 역겹게 보였다.

그 순간, 드디어 그를 어디서 봤는지가 떠올랐다.

'그때……'

위지극이 막 입을 열려하던 찰나, 뒤에서 금산청의 고함 소리가 들려왔다.

"한취(漢鷲)!"

청년은 금산청을 보고는 와락 얼굴을 구겼다.

"왜 또 극이한테 시비야!"

다가온 금상천이 눈을 부라렸으나 한취라 불린 청년도 지지 않았다.

"금 형은 상관할 바가 아니오."

"뭐… 뭐… 금 형?"

금산청은 어이가 없는지 잠시간 말을 잇지 못하다가 버럭 소리쳤다.

"이 자식이 맞먹네? 그리고 내가 왜 상관할 바가 아니야? 극이가 우리 조인데."

"지극히 개인적인 일일 뿐이오."

"네가 얼마나 애랑 만나봤다고 그새 개인적인 일이 생겨?"

금산청의 윽박질에 한취는 잠시 기가 죽은 듯도 했지만, 꿋꿋이 계속했다.

"개인적인 일이라 하지 않소!"

금산청이 다시 뭐라 하려 할 때 또 다른 청년이 다가왔.

"왜 애들 일에 어른이 끼어들고 그래?"

금산청의 고개가 목소리가 들려온 쪽으로 홱 돌아갔다.

"한성(漢晟)!"

그는 백의의 미남자였는데, 한취와 얼굴이 비슷해 일견에도 형제임을 짐작할 수 있었다.

"어른이면 어른답게 굴어야지 아무 때나 끼어들면 쓰나."

그는 여유롭게 금산청을 질책했다.

"그래서 네가 끼어든 거냐?"

"그놈의 성질머리는 여전하구만."

"시비를 시작한 건 네놈의 잘난 동생이란 말이다."

"내 동생이 뭐가 어때서? 예쁘기만 하구먼. 그렇지? 그리고 말이다, 저 애가 잘못을 했으니까 내 동생이 따지는 것이지, 그걸 어찌 시비라고 생각하나?"

금산청은 어이없다는 표정을 지었다.

"형제끼리 아주 잘 논다."

"전 괜찮습니다."

잠자코 있던 위지극이 입을 열었다.

"넌 괜찮아도 난 안 괜찮아. 성질 뻗쳐서 정말. 저놈, 보나마나 그날 일 때문에 저러는 거잖아."

"저도 압니다."

"응? 그래도 괜찮아?"

위지극은 웃었다.

"하, 참 너도……."

금산청이 헛웃음을 흘렸다.

하나 위지극 그는 겉으로는 웃고 있었지만, 속까지 그런 것은 아니었다.

그는 참고 있었다.

여기서 자신마저 날뛰면 일이 걷잡을 수 없이 커질 게 분명했다.

그러기엔 금산청에게 너무나 미안했다.

위지극은 한취란 청년을 기억해 냈다.

그는 처음 금산청과 만나던 날 시비를 걸던 청년이었다.

그때도 금산청이 화를 내며 돌려보냈다.

그 일 이후 왜 남자들이 자신을 좋게 보지 않는지 장황한 설명까지 듣지 않았던가.

도움은 한 번으로 족했다.

그 이상은 자존심이 허락하지 않았다.

"네가 괜찮다니 할 수 없구나. 하긴……"

"사흘 남았다. 그때 확실히 깨닫게 해주지."

금산청의 말을 끊고 한취가 씹어뱉듯 말했다.

위지극은 그를 쳐다봤다.

무슨 소리냐는 뜻이다.

하나 대답은 금산청에게서 나왔다.

"사흘 후 비무. 그때 보자는 말이다. 저놈이 우리 상대인 십칠조거든."

"……!"

"근데 두고 봐야지. 네 상대로 우리 극이가 나설지 어떨지는."

한취는 위지극을 쏘아보며 말했다.

"싫어도 만나게 될 거다."

위지극은 묘한 느낌이 들었다.

누군가에게 미움을 받는다는 기분. 썩 좋지는 않았지만 반면에 오기도 솟았다.

오랜만에 느끼는 감정이다.

막정산채에서는 악호와 예막정이 그러더니 이번엔 그 역할이 한취였다.

위지극은 돌아섰다.

그와 할 이야기는 남아 있지 않았다.

한취는 신형을 돌리려다 위지극 뒤에 있는 혁조영을 그제야 발견했다.

"소공자?"

혁조영이 깜짝 놀라 다시 위지극 뒤에 숨었다.

"하하하! 소공자가 어인 일이시오?"

한성도 혁조영을 바라봤다.

"이야, 금산청. 소공자도 설마하니 너희 조냐?"

"그래."

금산청은 짧게 대답했다.

한성이 짐짓 놀란 체를 했다.

"훌륭하구먼, 훌륭해. 이제 이십일조를 건드릴 사람이 없겠어. 든든한 뒤가 있으니 말이야. 한취, 너도 조심해야겠다. 저 친구하고 소공자가 꽤 친해 보이니 말이다."

"하하! 그래야겠습니다, 형님. 저놈을 건드리면 소공자가 나설 테고, 그리되면 당연히 회주께서 저흴 가만두지 않으시겠지요."

두 사람은 뭐가 그리 우스운지 시시덕댔다.

금산청은 그 꼴을 못마땅한 표정으로 쳐다보다가 위지극과 혁조영의 어깨를 둘렀다.

"신경 쓰지 마라. 특히 조영, 너는 더더욱 신경 쓸 필요없다. 너는 회주와 상관없이 우리 조니까."

혁조영은 조용히 고개를 끄덕였다.

"가자."

이십일조원이 가버리고 나서도 두 형제의 비아냥거림은 계속됐다.

"그나저나 회주는 무슨 생각으로 소공자를 인청각에 들여보냈을까요?"

"낸들 알겠냐? 좀 더 강하게 키워보자는 욕심이겠지. 너도 알다시피 소공자는 약해 빠졌지 않느냐."

한취는 비틀린 미소를 지었다.

"그나저나 소공자가 불쌍하군요. 사흘 후에 어떤 꼴을 당할지 훤히 보이는데."

"그것도 자기 운명이라 생각해야겠지. 근데 말이다."

"왜 그러십니까?"

"저 위지극이란 놈 말이다. 알려진 게 너무 없어 조금 불안하긴 하다."

"걱정하실 필요없습니다. 저놈이 만약 뛰어났으면 이미 소문이 돌았겠지요. 그리고 위지라는 복성은 흔한 게 아닌데, 위지 성을 가진 자 중에선 뛰어난 고수가 없습니다."

"하긴 나도 들어본 적이 없다. 그래도 만에 하나라는 게 있으니 조심해야 할 거다. 그리고 금산청의 신경을 너무 건드리지도 말고. 저놈은 결코 만만한 놈이 아니거든."

"알겠습니다. 걱정하지 마십시오, 형님."

"자, 그럼 난 간다."

그가 어깨를 한 번 툭, 치고 가자, 한취는 위지극이 사라진 방향을 쳐다봤다.

하나 이십일조원들은 모두 내당으로 들어간 뒤였다.

'톡톡히 망신을 시켜주마. 기다려라, 이놈!'

한취는 다시 한 번 입을 꽉 깨물고는 돌아섰다.

*   *   *

"모두들 모여 있었구먼."

노대후가 교자가 수북이 쌓인 쟁반을 들고 나타났다.

그가 나타나자 차를 마시고 있던 여덟 명이 동시에 일어나며 저마다 소리쳤다.

"대사형!"

"정말 대사형이 돌아오셨군요."

"사형이 돌아왔다는 전갈을 받고도 믿지 못했는데……."

노대후는 특유의 미소를 지으며 앉으라고 손짓했다.

"그래그래, 엊그제 돌아왔지. 그동안 잘들 있었나."

"물론입니다."

백의를 입은 중년인이 대답하며 자리에 앉다가 주위를 둘러보고는 물었다.

"한데 문주께서는 안 보이십니다?"

"아, 그들 부부는 잠시 폐관에 들었네. 그리고 미리 말해두지만, 등곽은 이제 문주가 아니야."

"……?"

"바로 내가 문주지."

쟁반을 내려놓고 자리에 앉은 노대후가 옥문패를 꺼내 탁자에 올려놨다.

"저……!"

다들 잠시 할 말을 잃고 있을 때 노대후의 말이 이어졌다.

"그는 내가 돌아와 이것을 내밀자 선뜻 문주 직을 내놓았다네. 여전히 훌륭한 사제야. 문규를 제대로 지킬 줄 아니 말일세."

사람들은 서로를 쳐다봤다.

문주라는 건 그렇게 하루아침에 바뀔 수 있는 게 아니었다.

적어도 동문 사제들과 제자들을 모아놓고 하는 게 일반적이었다.

하지만 따지려고 하니 그것도 문제였다.

문주만이 옥문패를 지닐 수 있다는 사실은 모두가 익히 아는 바였고, 그 사람이 대사형이었으니 더욱 그랬다.

백의중년인이 다시 입을 열었다.

"먼저 감축드립니다."

"고맙네."

"그러나… 등 사형이 갑자기 폐관에 들었다는 게……."
"믿기지 않는다?"
"솔직히 말씀드리자면 그렇습니다."

노대후의 얼굴에 예의 미소가 떠올랐다.

"확인해 본 결과, 나의 일 초도 받아내지 못하기에 폐관에 들라 명했네."

"그럴 리가……?"
"왜? 믿기지 않는가?"

솔직히 말하자면, 백의중년인은 믿을 수가 없었다.

그뿐만이 아니라 여기 있는 모든 이의 생각이 그랬다.

아무리 대사형이라고는 하나 다른 사제들과의 차이는 미미했다.

비록 그것이 과거의 이야기라 하더라도 말이다.

"정 못 믿겠다면 사제가 한번 시험해 봐도 무방하네만. 어떤가?"

그는 빙그레 웃으며 교자를 하나 집어 들었다.

"아닙니다."

백의중년인은 한 발 물러섰다.

그러나 이 자리가 파하면 조사를 해봐야겠다고 마음먹었다.

대사형의 행동이 아무래도 수상쩍었다.

"오늘 사제들을 부른 것은 내 자랑을 하려는 것도, 내가 문주가 되었다는 것을 알리기 위한 것도 아니네."

노대후가 교자를 이리저리 만지작거리다 쟁반에 내려놓으며 말을 이었다.

"바로 이 지역의 패권을 차지해 보자는 뜻에서 부른 걸세."

"네?"

"무슨 말씀이십니까, 그게?"

사제들이 아연실색해하는 눈치이자 노대후는 혀를 찼다.

"쯧쯧, 어찌 무인이라는 작자들이 그런 일에 놀라고 그러나."

"아무리 그렇다고는 하나 이미 우리 유금도문은 이곳에서 확고한 위치를 점한 상태입니다."

"확고한 위치? 어떤 확고한 위치?"

"그… 그게……."

"다른 문파들이 우리 말에 복종을 하는가? 죽으라면 죽는가? 아니면 돈이라도 갖다 바치나?"

모두는 벙어리가 된 듯 말을 하지 못했다.

아니, 말이 나오지 않았다.

노대후가 하는 말은 그야말로 다른 문파를 인정하지 않고 종으로 부리겠다는 뜻이다.

물론 강호에는 비일비재하게 일어나는 일이기는 했으나 적어도 이곳 등주에서만은 서로 어느 정도 공생하는 관계를 유지했다.

가장 강한 경쟁자라 할 수 있는 현사문과의 관계도 좋게 마무리된 마당에 이 무슨 해괴망측한 소린가?

 백의중년인이 대표로 입을 열었다.

 "사형, 사형께서 어디에 계시다 오셨는지는 모르나 그건 이곳을 잘 모르고 하시는 말씀입니다. 여기는……."

 "강호는 다 똑같아. 약한 놈은 죽는 거야."

 "……!"

 "다시 말해줄까? 나처럼 강한 놈만 사는 거야. 버러지 같은 놈들에게까지 먹을 걸 나눠 준다는 게 가당키나 한가."

 "말씀이 심하십니다!"

 백의중년인이 벌떡 일어섰다.

 "사형, 도대체 무슨 일이 있었습니까? 지금의 사형은… 예전에 제가 알던 사형과 너무나 다릅니다. 청협도(淸俠刀)라 불리던 사형이 과연 맞습니까?"

 "청협도……. 오랜만에 듣는군."

 그의 눈빛이 순간 아련해졌다.

 그러나 순식간에 그 빛은 사라지고 기괴한 미소가 그 자리를 대신했다.

 "보잘것없는 별호였어."

 "사형!"

 백의중년인이 부르짖었다.

 그러나 노대후는 얼굴빛 하나 변하지 않았다.

백의중년인은 한동안 그를 노려보다 옆에 놔두었던 도를 집어 들었다.
　"모두들 돌아가세. 예전의 대사형은 없는 듯싶네."
　다른 이들도 고개를 저으며 천천히 자리에서 일어났다.
　행방불명됐던 사형을 만나 기뻤던 것도 잠시, 씁쓸함만이 남았다.
　"어딜 가시나? 문주인 내가 허락을 안 했는데."
　백의중년인의 걸음이 멈추었다.
　그는 고개만을 돌려 노대후를 노려봤다.
　"하면 손을 쓰시겠단 뜻입니까?"
　"말 안 듣는 동생은 매로 다스려야지."
　노대후는 느긋하게 허리를 뒤로 젖히며 말했다.
　그의 손에는 어느새 교자 하나가 들려 있었다.
　백의중년인이 천천히 도파를 잡아갔다.
　"등 사형도 매로 다스렸습니까?"
　노대후는 대답하지 않았다.
　대신 미소가 더욱 짙어졌다.
　하지만 대답이나 다름없었다.
　백의중년인의 안색이 딱딱하게 굳어졌다.
　그는 이제야 알았다.
　등곽 부부가 이미 변을 당했다는 사실을.
　도파를 쥐고 있는 그의 손에 붉은 힘줄이 솟아올랐다.

그 순간,

쉭!

교자가 허공에 선을 그리며 날아갔다.

동시에 백의중년인의 도가 뽑혀 나왔고 교자를 반으로 자를 듯이 떨어져 내렸다. 그러나,

쨍, 퍼억!

"큭!"

도가 반 동강이 되어 벽에 틀어박혔다.

그리고 교자는 백의중년인의 심장을 강타했다.

그는 정신없이 뒷걸음질치다 벽에 등을 기댄 채 가슴을 내려다봤다.

심장이 있던 자리에는 커다란 구멍이 뚫려 있었다.

"이……!"

그는 뭐라 말을 하려 했으나 결국엔 끝맺지 못하고 스르르 주저앉았다.

쿵!

"백 사형!"

채채챙!

중인들이 백의중년인을 부르며 분분히 도를 뽑아 들었다.

그들의 눈빛에는 놀라움과 분노, 그리고 두려움이 뒤섞여 있었다.

"대사형, 이게 무슨 짓이오!"

"왜? 말 안 듣는 사제를 사형이 혼내는 게 잘못인가?"

그의 음성에서 사제지간의 정이란 느껴지지 않았다.

그렇다고 해서 분노가 들어 있는 것도 아니었다.

그야말로 무심.

시체의 그것과 다름없었다.

"아니면 너희들도 혼이 나야겠나?"

중인들은 노대후를 에워쌌다.

시퍼런 도광이 사방에서 번쩍이고 있음에도 노대후는 여전히 태연했다.

"그런데 말이다. 나도 너희들 모두를 야단치고 나면 도와줄 사람이 없어지거든. 그래선 안 되지. 해서……."

그는 중인들을 한 번 쓸어보고 나서 턱으로 탁자를 가리켰다.

"차는 맛있게들 마셨어?"

"……!"

중인들의 시선이 일제히 찻잔을 향했다.

그리고 무언가를 깨달은 듯 서로를 쳐다봤다.

"무슨 짓을 한 거요?"

"뭐, 겁먹을 건 없어. 바로 죽을 일은 없으니까. 내 말을 잘 듣는다는 조건하에서긴 하지만."

그 말에 중인들의 안색이 시퍼렇게 변했다.

"독을 탔단 말이오?"

노대후는 말없이 웃었다.

"악독한……. 그러고도 당신이 대사형이라 할 수 있소!"

누군가가 소리쳤지만 노대후는 귀를 후비적거렸다.

"사실 말이다. 너희들을 중독시킬 필요도 없었다. 친절하게도 너희들은 모두 약점이 있거든."

노대후는 자리에서 일어섰다.

"가족! 바로 너희들에겐 끔찍이도 사랑하는 가족이 있잖아."

완전한 협박이었다.

말을 듣지 않으면 가족을 없앤다는.

"그게 싫으면 지금 모조리 내 손에 죽든지. 설마 너희가 함께 손을 쓴다고 해서 내가 죽을 거란 생각을 하진 않겠지? 나는 상관없다. 다만 너희들이 죽고 나면 그다음은……."

중인들은 당황한 기색이 역력했다.

방금 전의 한 수.

그래도 이들 중 가장 강하다 할 수 있는 백의중년인이 단 한 수에 절명했다.

노대후의 말대로 모두 함께 덤벼들어 봐야 돌아오는 건 죽음뿐이었다.

그 이후엔 가족들도 몰살당한다.

그들은 결정을 해야만 했다.

누군가가 푸들거리는 음성으로 겨우 입을 열었다.

"우리가… 어떻게 하면 되겠소?"

"멍청한 소리 하네. 이미 다 말했잖아. 패권을 쥔다고."

"하지만 우리 실력으로 타 문파 모두를 상대하는 건 무리요."

"그 정도는 나도 알아. 하지만 걱정하지 마. 다 방책이 있으니 말이다. 하하하하!"

모두는 그의 악마와 같은 웃음소리를 들으면서도 울분을 삼킬 수밖에 없었다.

第十六章
비무(比武)

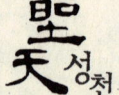

너른 연무장.

북무림회에서도 특별한 일이 아니면 사용이 허락되지 않는 북무연장(北武研場)이 인청각원들에게 개방되었다.

위지극을 비롯한 이십일조원 여섯은 한쪽 구석에 자리 잡고 앉아 담소를 나누고 있었다.

반면 위지극은 사연화와 혁조영 옆에 앉아 조용히 눈을 감고 있었다.

사흘이란 시간이 눈 깜짝할 새에 지나갔다.

혁조영은 궁금한 게 있으면 물어본다 했지만, 정작 연무심당에 들어가고 나서는 찾아오지 않았다.

위지극은 이해했다.
그는 한씨 형제들에게 놀림을 받았다.
말은 안 했지만, 주위에 있던 다른 사람들의 생각도 한씨 형제와 별반 다르지 않았을 것이다.

형편없이 약한 주제에 감히 인청각에?
역시 부모는 잘 만나고 봐야 돼.

말하지 않아도 들리는 듯했다.
그러던 차에 찾아온 기회다.
약골에서 탈피할 수 있는 기회. 그러니 마음이 급했을 것이다.
덕분에 위지극은 원없이 연공에 몰입할 수 있었다.
그는 오늘 대단히 기대가 컸다.
그것은 다른 조원들처럼 자신의 기량을 평가할 수 있다는 데서 오는 것이 아니었다.
타인의 무공을 보는 것.
그것이 가장 기대됐다.
지금까지 타인의 무공을 본 것은 막정산채와 삼청객잔에서뿐이었다.
연무심당에서 볼 수 있을 거라 생각했지만, 그곳도 사취암처럼 방이 나눠져 있었고, 결국 아무것도 보지 못했다.

사실 자신이 연공하는 모습을 같은 사문도 아닌 타인에게 보이고자 하는 사람은 존재하지 않았다.
 과연 어떤 무공들을 익혔을까?
 오로지 세 개의 검 초식밖에 모르는 위지극으로서는 궁금하기만 했다.
 그는 승급에 대해서도 딱히 신경 쓰지 않았다.
 어차피 일조나 이십일조나 위지극에게는 별반 차이가 없었다.
 하지만 다른 조원들의 생각은 달랐다.
 특히 소유아는 두 주먹을 꼭 쥔 채 눈에 불을 켜고 있었고, 그건 느긋해 보이던 위도곡도 마찬가지였다.
 조금 얼굴이 붉어졌을 뿐이지만, 흥분했다는 증거가 되긴 충분했다.
 사연화가 위지극에게 조용히 말을 건넸다.
 "오늘 어떻게 할 거야? 너무 드러내진 마. 의심 살 수 있으니까."
 "응?"
 위지극은 잠시 그녀가 무슨 뜻으로 이런 말을 하나 하는 의문이 들었지만 이내 짐작할 수 있었다.
 그녀는 자신을 엄청나게 뛰어난 고수로 착각하고 있다.
 성천에서 온 고수.
 염상천처럼 일수에 마인을 쓸어버릴 수 있는 고수.

그렇게만 생각하고 있을 것이다.

위지극의 얼굴에 어색한 미소가 떠올랐다.

최선을 다해도 어떻게 될지 모르는데, 정말 어처구니없는 기대였다.

'후, 이걸 말해줘야 하나? 사실을 알고 나면 실망이 클 텐데.'

불과 얼마 전까지만 해도 산적들 밑에서 수발을 들었다는 것까지 안다면······.

위지극은 몸을 한차례 부르르 떨었다.

도저히 말할 용기가 나지 않았다.

한편 위지극의 속마음을 모르는 사연화는 그의 미소를 살살하겠다는 뜻이라 여겼다.

겨우 사연화의 주의가 자신에게서 멀어져 다행이다 싶을 때, 이번엔 누군가가 귀에다 대고 속삭였다.

"사부, 나 떨려."

"헛!"

위지극은 이상한 느낌에 자기도 모르게 크게 숨을 들이켰다.

귀를 간질이는 통에 온몸에 소름이 돋았다.

범인은 혁조영이었다.

'이걸 확!'

손이 움찔거렸지만, 위지극은 애써 미소를 잃지 않고 대꾸해 주었다.

"나도 마찬가지야."

"실수하면 어쩌지?"

그녀가 칭얼거리려는 찰나 주위에 변화가 일었다.

사람들이 웅성이기 시작했다.

"이제 시작하려나 보다!"

누군가의 외침에 모두의 시선이 한쪽으로 모아졌다.

그곳에는 원로로 보이는 몇몇과 인청각주, 부각주, 그리고 회주가 걸어오고 있었다.

연무장에 도착한 그들은 한편에 마련된 자리에 착석했다.

이어 그들끼리 몇 마디 이야기를 나누는가 싶더니 한 사람이 일어섰다.

인청각주 사무진이었다.

그는 둥글게 둘러앉아 있는 인청각원들을 바라보며 흐뭇한 미소를 떠올리더니 입을 열었다.

"오늘 이 자리에 모인 것은……."

그의 말이 떨어지자마자 위지극은 크게 놀랐다.

십여 장이나 떨어져서 말하는데 마치 코앞에서 말하는 것처럼 들렸다.

목소리에 진기를 실을 수 있다는 사실을 모르는 위지극으로서는 당연한 일이었다.

'신기하네. 나도 할 수 있으려나?'

위지극은 한 번 해보고 싶었지만, 나중에 해보기로 하고 참

왔다.

"여러분의 승급을 위한 것도 있지만, 그보다는 각자의 기량을 확인해 보자는 차원에서요. 그러니 승부에 연연해하지 말고 모두 최선을 다해주시기 바라겠소."

그가 자리에 앉자 곧바로 시작을 알리는 북소리가 울려 퍼졌다.

비무는 빠르게 진행되었다.

방식도 간단했다.

조에서 한 명씩 나와 일대일로 겨루되, 비무자 중 한 명이 승복을 하거나 참관인의 대표인 인청각주가 승자를 정하는 것이었다.

하루라는 한정된 시간에 많은 사람이 비무를 하려다 보니 지지부진하게 승부를 길게 끄는 것은 허락되지 않았다.

그래도 한 조에 여섯 명씩 총 열두 명이 겨루는 데 있어 대략 이각 정도가 소요됐다.

그렇게 긴 시간 동안 위치극은 한시도 연무장에서 눈을 떼지 못했다.

눈이 어지러울 정도로 화려한 검법을 펼치는 사람이 있는가 하면, 매섭고 빠른 검을 펼치는 이가 있다.

산악처럼 무거운 보법을 펼치는 사람이 있는가 하면, 새털처럼 가벼운 보법을 펼치는 이가 있다.

보는 것 하나하나가 신기했다.

그러면서 위지극은 자신의 혼원무혼검법과 그들의 검법이 만났을 때 어떤 결과가 나올 것인가를 예측해 보았다.

결론은 자신도 잘 모르겠다였다.

한편으론 가볍게 제압할 수 있을 듯도 했고, 다른 한편으론 검을 피해낸 상대에게 역공을 당할 듯도 했다.

한 사람 한 사람이 펼치는 검법 하나하나가 쉬운 게 없었다.

파악하기도 쉽지 않고 대응하기도 쉽지 않다.

거리가 있어서인지 비무자의 검 놀림이 더욱 빠르게 느껴졌다.

어쩌면 당연할지도 몰랐다.

위지극은 이때까지 자신이 사용하는 혼원무혼검법 외에는 접해본 검법이 없었다.

뿐만 아니라 검을 사용해 싸우는 것도 처음 보았다.

이렇게 멀리서 단 한 번 보고 검법을 파훼해 낸다는 것이 어불성설이다.

지금 비무를 벌이고 있는 이들이 사용하는 검법은 모두 적게는 십수 년, 많게는 수백 년이나 전승되어 온 검법이었으니 말이다.

위지극은 자신감이 서서히 사라지고 있었다.

칠성에 달한 자심연도, 무혼의 말에 의하면 최강이라는 혼원무혼검법 세 초식.

그것으로 과연 저런 매서운 검을 이길 수 있을까 하는 의문이 들었다.

'어차피 조금 있으면 알겠지.'

위지극은 마음을 편하게 먹기로 했다.

지금은 저들의 무공을 보며 눈에 익히는 게 급선무다.

자신의 상대가 누군지 모르지만, 그때 가서 당황하지 않으려면 그래야만 했다.

아마 자신의 상대도 저들의 움직임과 큰 차이를 보이진 않을 테니까.

위지극이 비무를 주의 깊게 관찰하는 것처럼 사연화 등 다섯 명의 이십일조원도 마찬가지였다.

그들 역시 좀처럼 보기 힘든 다양한 무공을 보게 되니 가슴이 두근거리고 묘한 흥분이 일었다.

사실 같은 인청각원이라 하지만, 그들 개개인의 무공을 모두 알진 못했고, 직접 보는 것은 더더욱 불가능했기 때문이다.

그렇게 비무는 모두의 관심 속에서 진행되고 있었다.

해가 중천을 넘어 서쪽으로 기울 무렵, 드디어 이십일조의 차례가 되었다.

가장 첫 번째는 금산청.

그가 자리에서 일어나자 소유아가 힘껏 소리쳤다.

"오라버니! 꼭 이기고 돌아와요!"

그는 손을 훼훼 내젓고 연무장 가운데로 걸어갔다.

"부담 한번 제대로 주는구나."

"왜? 어차피 오라버니가 이길 텐데."

위도곡의 타박에 오히려 발끈하는 소유아였다.

"내가 말을 말아야지."

"뭐야!"

소유아가 쌍심지를 켜며 달려들려 하자 위도곡은 잽싸게 고개를 돌려 버렸다.

"도곡, 걱정하지 않아도 될 거야."

사연화가 둘의 대화에 끼어들었다.

"상대는 오라버니보다 강하지 않거든."

"응? 네가 어떻게 그걸 알아?"

"팽가휘는 예전에 오라버니와 겨룬 적이 있어. 우연찮게 보긴 했지만."

"그래?"

위도곡은 그녀의 말에 한결 편안한 마음으로 관전하게 되었다.

비무는 과연 사연화의 말대로였다.

팽가휘는 십칠조 조장으로서는 손색이 없는 실력자였으나, 금산청의 상대가 되진 못했다.

그는 팽가의 절기인 태명검법을 펼쳤으나 허공을 찌르기

일쑤였고, 채 십 초가 지나기 전에 패색이 짙어졌다.

이미 일 년 전에 십이조에 들기를 권유받았던 금산청의 실력을 생각한다면 당연할지도 몰랐다.

결국 십칠 초 만에 팽가휘는 패배를 인정하고 물러섰고, 금산청의 승리로 끝이 났다.

"거봐. 오라버니가 이긴다고 했잖아."

소유아가 위도곡에게 얼굴을 바짝 들이대고 놀리듯이 말하자 위도곡이 질색을 했다.

"알았으니까 좀 치워."

"칫! 내 예쁜 얼굴이 뭐가 어떻다고."

소유아가 툴툴거리면서 마지못해 떨어졌다.

"수고하셨어요."

"뭘, 이 정도 가지고."

사연화의 말에 금산청은 어깨를 한차례 으쓱이더니 자리에 앉았다.

그러자 사연화가 일어섰다.

"어?"

위지극이 깜짝 놀라 그녀를 쳐다봤다.

"네 차례야?"

"응."

그녀는 위지극을 향해 빙긋 웃더니 중앙으로 걸어나갔다.

"뭐야? 형보다 연화가 더 강해?"

위지극은 출전 순서를 알지 못했다. 다만 가장 강한 사람이 먼저 나간다는 사실만 알고 있었다.

위도곡의 얼굴이 살짝 붉어졌다.

"부끄럽게도 그렇게 됐다."

그 말을 들은 금산청이 위도곡의 등을 후려쳤다.

"부끄럽긴, 인마. 나이도 동갑인데 더 강할 수도 있지. 대신 너도 얼른 따라와야 한다. 언제까지 연화 밑일 수만은 없잖아. 자고로 색시보다 못한……."

"혀, 형님!"

위도곡이 금산청의 입을 급히 틀어막았다.

"우웁! 우우웁!"

금산청은 뭐라 웅얼대며 바동댔다.

"자꾸 이러실 겁니까?"

"노… 이그, 놔!"

위도곡이 손을 떼자 금산청은 마구 침을 뱉어댔다.

"퉤퉤! 이게 더러운 손으로……."

"형님이 먼저 잘못했잖습니까."

위도곡이 매섭게 노려봤다.

그 시선이 무서웠는지 금산청은 찔끔하며 뒤로 물러앉았다.

"내가 뭐, 없는 말 지어낸 것도 아닌데 괜히 나만 가지고……."

"형님!"

"알았어, 알았어. 입 꼭 다물고 있을게. 됐지?"

위도곡은 그래도 화가 풀리지 않는지 마지막으로 한 번 더 그를 흘겨보고는 연무장으로 시선을 돌렸다.

"저… 그럼 저는 몇 번째로 나가나요?"

위지극이 금산청에게 물었다.

"넌 소유아 다음으로 다섯 번째다. 네 의향을 묻지 않고 결정해서 미안하지만 그게 나으리라 생각해서."

"저야 뭐 상관없습니다."

위지극은 무심코 대답하다 그의 말에서 이상한 점을 발견하고는 다시 물었다.

"그런데 그게 더 낫다니, 무슨 특별한 이유라도 있는 건가요?"

금산청은 뺨을 긁적였다.

"그게 말이다, 지난번에 그 한취란 놈이 성질머리 더러워도 실력은 나름 뛰어난 편이거든. 그놈이 아마 조장 다음일 거다."

그제야 위지극은 그가 낫다라고 말한 의미를 알 수 있었다.

금산청은 혹시 자신이 한취에게 패배할까 염려되어 비교적 순위를 뒤로 뺀 것이었다.

한데 위도곡이 조그맣게 소리쳤다.

"어? 형님, 아닌데요?"
"뭐가?"
"연화의 상대가 한취가 아닙니다."
"뭐야?"
과연 그의 말대로였다.

사연화의 상대는 한취가 아니라 푸른 무복에 머리를 길게 기른 여인이었다.

"이게 어찌 된 거지?"

금산청은 잠시 어리둥절하다가 이내 눈빛이 굳어졌다.

"이 자식이 잔꾀를……."

이어 위지극을 보며 말했다.

"아무래도 그놈은 너와 꼭 겨루고 싶은가 보다. 보나마나 네가 나올 때까지 꼭꼭 숨어 있을걸."

위지극은 건너편에 있는 한취를 찾아냈다.

그는 묘한 미소를 짓고 있었다.

앞으로가 기대된다는 표정이었다.

"차라리 잘됐네요."

"응? 자신있냐?"

"자신이 있고 없고의 문제가 아니라, 언젠간 해결해야 될 일이라 생각해서요."

"호오, 말은 그렇게 해도 지지 않을 셈인가 본데?"

금산청이 의외라는 듯이 말했다.

비무(比武) 215

"그런 건 아니에요. 그러니 혹시 제가 져도 뭐라 하지 말아 주세요."

"걱정하지 마라. 너만 괜찮으면 된 것이지."

금산청이 히죽 웃었다.

그때였다.

"사부는 안 져요."

혁조영이 조그맣게 중얼거렸다.

하나 그 소리는 주위에 있던 이십일조원이 듣기에 충분한 크기였다.

"너, 뭐라고 했어? 사부?"

혁조영이 깜짝 놀란 눈으로 금산청을 쳐다봤다.

속으로만 생각한다는 것을 그만 자신도 모르게 밖으로 내뱉은 것이다.

"아… 아……."

"아아 하지만 말고 다시 말해봐. 지금 극이보고 사부라고 했지?"

혁조영이 당황하여 아무 말도 못하고 있자 위지극이 급히 끼어들었다.

"에이, 잘못 들었겠지요."

"잘못 듣긴, 내가 이래 봬도 천리이(千里耳)를 가졌는데. 이 거이거, 둘만 사취암에 드나들더니 그새 사제지연을 맺었어?"

위지극이 급히 진화에 나섰다.

"그게 아니라 지난번에 조영이가 뭐를 물어보기에 제가 아는 한도에서 조금 알려준 것뿐이에요."

"흐음, 그래? 조금 알려준 것뿐인데 사부라 부른단 말이지? 수상해."

금산청이 눈을 가늘게 뜨고 위지극을 요리조리 뜯어보기 시작했다.

그 모습이 마치 물건을 감정하는 상인처럼 우스꽝스러웠다.

위지극은 진땀을 흘리다가 잽싸게 연무장을 바라보며 소리쳤다.

"이제 시작하네요!"

"어? 그래?"

그 순간 모두의 관심이 연무장으로 쏠렸다.

'휴, 이거야 원.'

위지극은 몰래 한숨을 내쉬고는 혁조영을 노려보며 주먹을 치켜들었다.

혁조영이 피하는 시늉을 했다.

그리고는 우는 얼굴을 하고는 용서해 달라는 듯이 두 손을 싹싹 비벼댔다.

'어휴, 저걸……'

위지극은 다시 한숨을 내쉬고는 연무장을 바라봤다.

그곳엔 사연화와 또 다른 여인이 서로를 노려본 채 검을 뽑아 들고 있었다.

"그동안 회천향검은 많이 늘었나?"
"네가 걱정해 준 덕분에."
사연화는 담담히 대답했다.
그리고 공력을 끌어올렸다.
상대는 화산파의 이대제자 구자현(鳩紫玹). 객관적인 평가에서 자신이 반 수 정도 뒤처진다.
그 사실을 잘 아는 사연화는 선공을 택했다.
검을 비스듬히 치켜 올려 회천향검 기수식을 취했다.
"나와 대화하기가 싫은 모양이네."
구자현은 아쉬운 듯 말하면서도 화산파의 매천난검(梅天亂劍)을 펼칠 준비를 했다.
사연화는 구자현과 눈을 마주쳤다.
그 순간,
쉐에엑!
하얀 백광이 구자현의 목을 노리고 찔러갔다.
그녀는 첫 한 수가 가장 중요하다는 걸 알고 시작부터 절초를 펼쳤다.
하지만 구자현은 검을 빼 든 채 아무 반응을 하지 않고 있었다.

마치 모든 것을 꿰뚫고 있는 듯하다.

사연화는 동요하지 않았다.

이어 검이 부르르 한차례 떨리는가 싶더니 세 개로 나뉘어 가슴, 머리, 배의 대혈을 노리고 날아들었다.

구자현의 검이 움직인 것은 그때였다.

채채챙!

검명이 울려 퍼지며 먼지가 자욱하게 피어올랐다.

구자현의 검은 늦게 출수했음에도 사연화의 공격을 완벽히 막아냈다.

이어지는 건 눈이 어지러울 정도로 무수히 난무하는 검광이었다.

치칭! 채채챙!

사연화는 첫수가 막히자 막아내기에 급급했다.

"많이 늘긴 했는걸."

구자현은 현란하게 검을 놀리면서도 여유로웠다.

그녀가 펼치는 검법은 매천난검.

이름처럼 상대의 이목을 어지럽히는 와중에 명을 끊는 검법이다.

매천난검은 이십이수로 이뤄져 있다.

화산파에서 가장 유명한 이십사수매화검법보다 두 초식이 적다.

하나, 초식이 적다 하여 매화검법에 비해 약할 거란 생각을 하는 무인은 화산파의 검법에 대해 무지한 자다.
 화산파의 검법은 위력이 강하면 강할수록 초식이 적은 특징이 있다.
 때문에 화산파의 최대 절기라 일컬어지는 무량삼검(無量三劍)은 단 세 초식에 불과했다.
 "아, 언니가 지겠다."
 소유아가 안타까워하며 발을 동동 굴렸다.
 위지극도 그에 동감했다.
 지금까지 보아온 바, 저런 식으로 밀리면서 역전을 해낸 무인은 없었다.
 금상천도 고개를 끄덕였다.
 "연화가 예전에 비해 많이 늘긴 했으나, 아직 구자현을 상대하기엔 무린 것 같구나."
 근근이 버티고 있다는 표현이 딱 들어맞는 상황이었다.

 검이 서로 맞부딪치는 소리가 연이어 들리는 가운데, 어느새 삼십 초가 지나갔다.
 구자현은 슬슬 짜증이 일었다.
 간단하게 끝내려 했는데 예상했던 것보다 사연화의 수비가 탄탄했다.
 그녀와 사연화는 무려 네 개 조나 차이가 났으니, 그녀가 이겨도 겨우 본전을 치른 셈이다.

'이러면 안 되는데.'

더 윗 조로 올라가기 위해서는 단순히 이기는 게 중요한 게 아니라 얼마나 빨리 압도적으로 이기는가다.

그런데 벌써 삼십 초를 넘어 사십 초에 이르고 있었다.

그녀는 아랫입술을 꾹 깨물었다.

"이제 끝이다!"

순간 사연화의 눈앞에서 구자현의 검이 사라졌다.

그리고 다섯 개의 검광이 폭사되어 왔다.

매천난검 제이십수 오광탄폭(五光彈爆).

"이얍!"

사연화의 신형이 기이하게 비틀렸다.

다리가 갈지자로 꼬이며 구자현의 좌로 돌아갔다.

피피핑!

세 개의 검광이 그대로 허공을 꿰뚫었다.

그러나 아직도 두 개가 남았다.

사연화의 벽자검이 움직인 건 바로 그때였다.

느린 듯하면서도 빠르게 검광을 맞아갔다.

따당!

첫 번째 부딪침에 검이 튀었고, 두 번째 부딪쳤을 때는 더 크게 튕겨 나갔다.

"흑!"

단말마의 신음이 사연화의 입술을 비틀고 튀어나왔다.

비무(比武) 221

검에 가해진 충격이 엄청나다.

오른손이 마비될 듯 저려온다.

사연화는 있는 힘을 다해 뒤로 신형을 날렸다.

수비가 무너졌으니 이어지는 공격을 막을 방도가 전혀 없었다.

하나 구자현은 공격하지 않았다.

그녀는 검을 거두고 있었다.

"흐으음."

사연화는 깊은 신음을 삼키며 검집에 검을 겨우 집어넣었다.

그때까지도 손 떨림은 멈추지 않고 있었다.

사연화는 포권을 취하고 신형을 돌렸다.

'이기고 싶었는데……'

성천에서 온 위지극이 보고 있었다.

그 앞에서 벌인 첫 번째 비무라 꼭 이기고 싶었다.

하지만 의욕과 실력은 별개의 것.

매천난검 중 강하기로 세 손가락 안에 드는 오광탄폭을 막기엔 무리였다.

그녀가 돌아오자 금산청이 웃으며 어깨를 두드렸다.

"수고했다."

사연화는 풀이 죽은 모습이었다.

"아니에요. 결국엔 졌잖아요."

"앞으로도 시간은 많아."
그녀는 자리에 앉으며 슬쩍 위지극을 쳐다봤다.
위지극은 그녀와 눈이 마주치자 묘한 미소를 지었다.
"무슨 뜻이야?"
"응?"
"왜 그런 표정을 하냐고?"
"아니, 그… 처음 봐서."
"뭘?"
그녀는 마음이 상했는지 퉁명스럽기만 했다.
"네가 무공을 펼치는 걸. 멋있었어."
"멋있어? 졌는데?"
"이겨야만 멋있나? 특히 마지막은 더더욱 멋있었어."
"도대체 무슨 소리래?"
사연화는 위지극의 말이 이해되지 않으면서도 한편으론 쑥스러웠다.
아니, 싫지 않았다.
위지극은 그녀를 보며 여전히 웃고 있었다.
그는 사연화의 보법 안에서 무엇인가를 봤다.
하지만 그 사실을 알려주는 건 나중 일이었다.

현재까지 일승 일패.
이젠 위도곡의 차례였다.

그는 아무 말 없이 일어나더니 뚜벅뚜벅 걸어나갔다.

한데 그 모습이 어딘지 모르게 어색했다.

무인의 걸음걸이는 보보가 항상 일정하면서도 가볍게 마련인데 마치 목각 인형이 걸어가는 듯한 모양새였다.

"앗, 큰일 났다."

소유아가 깜짝 놀라며 소리쳤다.

"뭐가?"

위지극이 그녀를 의아한 눈으로 바라보았다.

"도곡 오라버니, 또 긴장했어!"

"……?"

"아이고, 내가 연화 때문에 한눈파느라 그걸 잊어버리고 있었구나."

금산청은 괴로운 표정으로 머릴 감싸 쥐었고, 사연화는 옆에서 한숨을 쉬고 있었다.

"다들… 왜 그래?"

위지극과 혁조영은 영문을 몰라 소유아를 쳐다봤다.

"그게, 도곡 오라버니는 평시에는 우리하고 비무도 곧잘 하곤 하는데 지금처럼 다른 사람이 보고 있으면 본 실력의 절반도 발휘 못해."

"쉽게 말해서 멍석 깔아주면 못한다는 뜻이다. 내가 뛰어난 농담으로 미리미리 긴장을 풀어줬어야 했는데."

소유아가 손을 훼훼 저었다.

"그건 아니라고 봐. 오라버니의 웃긴 얼굴 때문에 긴장이 풀리는 거겠지."

"이게!"

금산청이 손을 치켜올렸다.

위지극은 소유아의 설명을 듣고서야 왜 위도곡의 걸음걸이가 이상했는지 알았다.

정말 어처구니없는 이유다.

무인이 실전도 아니고 비무에서 긴장을 하다니.

더군다나 그는 인청각원이 아닌가?

강호의 후기지수가 모두 모이는 곳. 그런 인청각에 들 정도의 실력자가 저런 약점을 가지고 있다는 것은 믿기 힘든 일이었다.

조원들이 걱정하는 사이 위도곡은 어느새 중앙에 도착했다.

상대는 위도곡보다 두어 살 많아 보이는 백삼청년.

그는 말없이 검을 빼 들고 위도곡이 준비하길 기다리고 있었다.

그러나……

위도곡은 아무런 행동도 취하지 않았다.

양손을 늘어뜨린 채 멍하니 서 있었다.

"검을 들어."

백삼청년이 기다리다 못해 한마디 했다.

"어?"

위도곡은 고개를 세차게 흔들었다.

잠시 정신이 나갔다 돌아온 사람처럼 보였다.

"검을 들라고. 언제까지 그러고만 있을 거야?"

"그래, 그래야지."

위도곡은 그제야 천천히 검을 뽑아 들었다.

한데 그 모습조차 느릿하고 어색했다.

"잘해야 할 텐데… 제발……."

소유아가 간절한 목소리로 중얼거렸다.

그녀는 위도곡의 실력을 안다.

그는 공동의 절기인 극마참검(極魔斬劍)을 익혔다.

제자 수가 사백이 넘는 공동에서도 채 서른 명도 익히지 못한 난해한 검법이다.

그만큼 뛰어난 인재란 소리다.

상대가 비록 십칠조원으로 그보다 객관적인 실력이 높다고는 하나 최선을 다한다면 백중지세(伯仲之勢)를 이룰 실력이다.

하지만 그놈의 고질병이 문제였다.

위도곡의 자세는 평소 자신들과 겨룰 때와는 확연히 달랐다.

검끝은 두 치나 높게 치켜들었고, 검배와 땅의 각도도 틀어졌다.

"으음."

백삼청년도 위도곡의 상태가 정상이 아닌 듯하자 불만 어린 침음성을 냈다.

그래도 오늘의 비무는 상대의 형편을 봐줄 만큼 여유로운 게 아니었다.

"차앗!"

백삼청년의 신형이 땅을 스친다 싶은 순간, 그의 검이 어느새 위도곡의 목에 도달해 있었다.

놀라운 신법과 쾌검이었다.

"욧!"

위도곡은 급히 검을 치켜들었다.

그 와중에도 순발력만큼은 뛰어났다.

하지만 그가 펼친 건 그의 자랑인 극마참검도, 공동파의 문인이라면 모두 익혔다는 금사검법(禁邪劍法)도 아니었다.

그냥 검을 휘두른 것뿐이었다.

끼기긱!

검과 검이 만나 묘한 음향을 자아내는 동안 백삼청년의 검이 위도곡의 검배를 타고 목을 향했다.

"헛!"

위도곡은 대경하여 머리를 우로 비틀었다.

쉬악!

머리카락이 한 움큼이나 잘려 허공에 휘날렸다.

위도곡은 등으로 식은땀을 줄줄 흘렸다.

손에도 땀이 났는지 검이 손바닥에 쩍 달라붙은 느낌이었다.

"헉헉!"

그는 거친 숨을 몰아쉬며 상대를 쳐다봤다.

"그만 하지."

백삼청년의 한마디가 위도곡의 폐부를 찔렀다.

백삼청년은 고개를 저으며 검을 거두고 있었다.

"잠깐!"

위도곡의 고함에 백삼청년은 행동을 멈췄다.

"아직 끝나지 않았다."

"아직 남아 있나?"

위도곡은 대답 대신 크게 숨을 들이쉬고 내쉬더니 이윽고 입을 열었다.

"이제 시작이지."

백삼청년의 얼굴에 한줄기 야릇한 미소가 떠올랐다.

"좋다."

그는 수검 중이던 검을 다시 뽑아냈다.

원래는 그만두었어야 정상이다.

승부는 누가 봐도 이미 난 것이었다.

하지만 백삼청년은 위도곡에게 기회를 한 번 더 주기로 마음먹었다.

그가 마음을 돌린 이유는 간단했다.

위도곡의 검법이 너무나 형편없었기 때문이다.

길에서 치이는 삼류무사도 그 정도는 했다.

상대는 같은 인청각원. 인청각원이라면 당연히 후기지수여야만 했다.

삼류무사가 아닌…….

위도곡은 고맙다는 말은 하지 않았다.

대신 천천히 검을 들어 올렸다.

처음 취하던 자세와 비슷하면서도 완전히 다르다.

진정한 극마참검의 기수식이다.

"오호, 이제 정상으로 돌아왔구먼."

지켜보던 금산청이 의외란 듯이 한마디 했다.

"그러게. 저렇게 금방 정신 차린 적이 없었는데……."

"아무래도 오늘이 중요하긴 중요했나 봐."

소유아와 사연화도 동조했다.

한번 긴장하기 시작하면 적어도 반 시진은 너끈히 버티던 위도곡이 오늘따라 그답지 않았다.

지금의 비무가 자신 혼자만의 일이 아니라는 사실을 깨달았기에 다른 때보다 쉽게 정신을 차렸을지도 모른다.

"아무튼 이제부터 볼만해지겠군."

지금까지 조마조마하던 금산청이 여유롭게 팔짱을 끼고

관전하기 시작했다.

이번에도 선공은 백삼청년이었다.
쉬잇!
그는 검을 뽑자마자 위도곡의 손을 노리고 찔러갔다.
위도곡의 자세가 슬쩍 바뀌는가 싶더니 벽자검으로 깊은 호를 그려냈다.
백삼청년은 점을 노리고 위도곡은 면으로 맞섰다.
차앙!
두 검이 만들어내는 검명이 중인들의 귀를 울렸다.
"이아야압!"
쉬쉬쉬쉭!
백삼청년은 우렁찬 고함 소리가 터져 나오고, 그의 검이 번개처럼 움직였다.
사방을 찔러대며 이리저리 그어댔다.
어찌 보면 중구난방의 검초.
그러나 정면에서 맞서는 위도곡은 등골이 오싹했다.
그의 검이 빛을 만들어내는가 싶더니 이내 북두칠성이 그려졌다.
북두광망(北斗光網)!
단 한 번의 부딪침에 자신의 검이 힘없이 튕겨 나가자, 백삼청년은 자신의 절초라 할 수 있는 북두광망을 펼친 것이다.

 '정면으로 맞서면 베인다!'

 위도곡의 머리는 뒤로 물러나길 명하고 있었다.

 하지만 위도곡은 반대로 행동했다.

 "하압!"

 그의 검도 백삼청년의 검과 비슷한 움직임을 보이기 시작했다.

 단지 백삼청년은 점과 선이 어울려 북두를 그려냈다면, 위도곡은 오직 호만을 그려냈다는 점이다.

 차차차창!

 어지러이 검이 부딪쳤다.

 어느 게 누구의 검이고, 공격하는 자가 누구인지 분간할 수 없었다.

 오로지 번쩍이는 검광만이 중인들의 시야를 어지럽히고 있었다.

 팟!

 그러던 어느 한순간 붉은 핏줄기 하나가 허공으로 치솟았다.

 "큭!"

 위도곡이 신형을 회전시키며 뒤로 물러섰다.

 그의 시선은 여전히 백삼청년에게 붙박여 있었다.

 하나 눈이 예리한 중인들은 그의 어깨에 남겨진 한 줄기 혈

흔을 발견할 수 있었다.
 위도곡은 검을 고쳐 쥐었다.
 그의 입가가 비틀려 올라갔다.
 눈은 야수처럼 번뜩이고 이마엔 파란 핏줄이 일어났다.
 이를 지켜보던 소유아와 사연화가 자리에서 벌떡 일어섰다.
 "악! 오라버니가 발작하려 해!"
 "어머!"
 그녀들은 금산청을 쳐다봤다.
 말리라는 뜻이었다.
 하나 금산청도 어쩔 수 없는 건 매한가지였다.
 저 상태가 되어버린 위도곡이 자신의 말을 들을 리 만무했다.
 위도곡의 비틀린 미소가 점점 진해졌다.
 그리고 그가 막 출수하려는 순간,
 "그만!"
 참관인석으로부터 조그마한, 그러나 모든 사람이 들을 수 있도록 뚜렷한 음성이 흘러나왔다.
 중인들의 시선이 일제히 그쪽으로 향했다.
 "이제 되었다."
 사무진이 일어서고 있었다.
 위도곡은 사무진을 바라보면서도 움찔거렸다.

그만큼 주체하기 힘들 정도로 흥분한 상태였던 것이다.

그러나 사무진과 눈을 마주하는 시간이 길어지자 그의 떨림이 점차 멎어갔다.

그리고 마침내 위도곡은 어깨를 축 늘어뜨리더니 터벅터벅 걸어나왔다.

자리에 돌아와 앉은 그는 몹시 풀이 죽은 모습이었다.

조금 전까지의 광염(狂炎)은 온데간데없었다.

위지극은 그를 조심스럽게 쳐다보다 사연화에게 했던 말을 그대로 했다.

"도곡 형, 멋있네."

그리고 오해할까 싶어 한마디 덧붙였다.

"놀리는 거 아니고 진짜로."

위지극은 진심이었다.

위도곡이 분노하는 모습에서 위지극은 예막정과 맞서던 때가 생각났다.

손에 도가 박히면서도 싸우던 그때의 치열함.

지금은 비록 비무이긴 했으나 그때의 심정이 고스란히 되살아났다.

요 며칠 너무 편안한 생활을 해서 그런지 잊고 있었던 무인으로서의 당연한 자세. 그것을 일깨워 준 위도곡이 고맙고도 멋있었다.

비록 그것이 위도곡 본인의 뜻이 아니었다 하더라도 말

이다.

"나도 극이와 같은 생각을 하긴 하는데, 한편으론 조금 우습기도 해."

소유아가 끼어들었다.

"오라버닌 자신을 좀 다스릴 줄도 알아야 돼. 그게 뭐야? 꼭 허둥대는 호랑이 같아."

위도곡은 그녀를 슬쩍 쳐다보더니 긴 한숨과 함께 고개를 푹 숙였다.

"유아야."

"응?"

"넌 남 말할 처지가 아니다."

"내가 뭐 어때서?"

"안 나가냐?"

"……."

"네 차례잖아. 상대는 벌써 나와서 기다리고 있는데……."

"앗! 내 정신 좀 봐."

그녀는 깜짝 놀라 일어서더니 후닥닥 뛰어나갔다.

소유아를 보며 혀를 차던 금산청이 아직도 고개를 들지 못하고 있는 위도곡을 돌아봤다.

"도곡."

"……."

"너는 잘못한 게 없다."

위도곡은 여전히 묵묵부답했다.

"사람은 누구나 긴장하고 화를 낸다. 그건 당연한 거야."

이어지는 금산청의 말에 위도곡이 고개를 들었다.

그의 눈시울은 어느덧 물기로 젖어 있었다.

"하지만 형님, 전 이런 제가 너무 싫습니다."

"네게 하나만 묻겠다. 적이 눈앞에 있을 때 긴장하는 게 좋을까, 아니면 마음을 풀고 있는 게 좋을까?"

"물론 전자이겠지요. 하지만 저처럼은 아닙니다. 전 긴장했다기보다는 얼이 빠졌다는 게 더 맞습니다."

금산청은 희미한 미소를 지었다.

"어쩌면 네 말이 맞을 수도 있다. 하나 난 그리 간단하게 생각지 않는다."

"……"

"네가 보인 처음의 그 행동, 기의 응축이라 볼 수 있다. 그리고 마지막의 거친 행동, 그건 처음에 응축되었던 기의 폭발이라 할 수 있다. 네가 조절을 못할 뿐이지 그런 현상 자체가 잘못되었다곤 할 수 없어."

위도곡은 그 말에 잠시지간 멍했다.

기의 응축.

그리고 기의 폭발.

무인이면 당연히 다룰 수 있어야 한다.

물론 비유적인 표현이다.

그가 말하고자 한 건 정신이다.

정신도 기와 같다.

응축시켜야 할 때 응축시키고 풀어내야 할 때 풀어야 한다.

전쟁을 할 때 적재적소에 사람을 배치해야 승리할 수 있듯이 무공에서의 정신력도 마찬가지다.

금산청은 그가 자신의 말을 알아듣는 듯 보이자 하던 말을 계속했다.

"해서 조금 전, 이를 수정할 만한 좋은 방도를 생각해 냈다. 앞으로 하루에 한 번 비무를 하되 다른 조에서 참관인을 두 명 이상 부르겠다."

"네?"

위도곡이 눈을 커다랗게 떴다.

"그건 너무……."

"너와 우리를 위해서야."

위도곡은 더 이상 아무 말도 하지 못했다.

금산청이 평소와 달리 이처럼 강하게 나오는 데는 이유가 있을 것이다.

그 이유, 위도곡도 어렴풋이 생각해 낼 수 있었다.

적존교, 그들과의 격전이 멀지 않았기 때문이리라.

"알겠습니다."

위도곡이 그에게 머리를 숙였다.

자신을 걱정해 주는 선배에 대한 경의였다.
금산청은 흐뭇하게 웃으며 경내로 시선을 돌렸다.
그곳엔 소유아가 팔을 횡횡 돌리며 몸을 풀고 있었다.

第十七章
도황지공(刀皇之功)

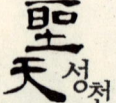

소유아는 팔과 함께 목도 이리저리 돌려댔다.
 어쩌면 과격하다 할 정도로 심하게 몸을 푼 그녀는 바닥에 놓아두었던 도를 집어 들었다.
 한데 이상했다.
 그녀는 평상시 벽자도를 패용하고 다녔다.
 그러나 지금은 색깔도 거무스름하고 크기도 벽자도에 비해 훨씬 컸다.
 몸집이 작은 소유아가 드니 거의 가슴까지 올라오고 있었다.
 "저게 뭐예요?"

위지극이 금산청을 쳐다봤다.

"훗, 너는 처음 보겠구나. 저게 바로 우리 유아의 애병 흑전태도(黑電太刀)다."

"그럼 유아는 벽자도를 사용하지 않나요?"

위지극은 모든 인청각원들이 벽자검이나 벽자도를 사용하리라 생각하고 있었다.

"보통은 그렇지. 하나 그렇지 않는 사람들도 극히 소수이긴 하지만 몇몇 있다. 유아도 그중 하나지."

"특별한 이유라도 있나 보군요."

"사실 어떤 면에서 보면 특혜라고도 할 수 있다. 왜냐면 무당의 문하는 상문고검이라는 문파를 대표하는 검이 있고, 우리 종남도 그건 마찬가지다. 그럼에도 우린 모두 벽자검을 사용하지."

위지극은 그의 말을 경청했다.

자신은 인청각원이면서도 인청각에 대해 아는 것이 극히 적었다.

"그렇게 하는 이유는 모두 인청각이란 하나의 소속원으로서의 일체감을 위해서다. 북무림회는 구파일방과 그 외 명문대파 중 장강 이북에 위치한 문파들이 만든 것. 때문에 문파의 검을 사용하지 않는 것에 대해 충분히 양해가 되어 있다."

금산청은 싸움이 시작되었는지 힐끗 장내를 바라보고는 다시 말을 이었다.

"뿐만 아니라, 대부분의 검법이나 도법은 크게 병기의 모양새에 연연해하지 않는다. 우리 종남을 포함해서 말이다."

"그렇다는 말은 유아의 무공은 꼭 흑전태도라는 저 도로 펼쳐야만 한다는 뜻인가요?"

"바로 그렇다. 그리고 처음으로 돌아가서, 다른 문파들은 자신들의 문파 고유의 병기가 아닌 벽자검이나 벽자도를 사용하는 걸 허락했다고 했지?"

위지극은 고개를 끄덕였다.

"그러나 소유아는 그런 허락을 받지 못했어."

"네? 어느 문파인데요?"

위지극은 놀란 눈으로 금산청을 쳐다봤다.

감히 어느 문파가 구파일방이 모두 동조하는 일에 대해 허락하지 않는단 말인가?

아무리 위지극이 강호의 일에 대해 잘 모른다고는 하나 북무림회가 얼마나 강대한 힘을 가졌는지는 알고 있었다.

금산청은 위지극의 반응이 재미있는지 히죽 웃었다.

"네 말은 조금 틀렸다. 어느 문파라고 하기보다는 어느 누가라고 하는 게 더 맞아."

"……"

"왜냐하면 말이다, 유아는 딱히 어느 문파에 소속되어 있는 게 아니거든."

"그럼 단 한 사람의 제자란 말이겠군요."

위지극은 알겠다는 듯 고개를 끄덕이다 갑자기 갸우뚱했다.

그럼 더더욱 말이 안 됐다.

금산청의 말은 결국 문파도 감당하기 힘든 일을 단 한 사람, 개인의 힘으로 했다는 말이 아닌가?

위지극은 덜컥 자신이 정말 소유아에게 무심했다는 생각이 들었다.

금산청은 종남, 위도곡은 공동, 사연화는 금창사가, 그리고 혁조영은 아버지가 북무림회주.

다른 조원들의 신상은 그런대로 알고 있는데 유독 소유아에 대해서만은 하나도 알지 못했다.

그녀가 익힌 무공도, 사용하는 병기도, 사승조차 몰랐다.

그건 아마도 그녀가 너무 천방지축에 활발하기 때문일 것이다.

'미안!'

위지극이 속으로나마 소유아에게 사과하고 있는 사이 금상천이 기다렸다는 듯이 대답했다.

"그래, 그녀의 사부는 단 한 명이다. 문파도 이루지 않은 채 강호를 떠도는 사람이지. 그러나……."

그는 심각한 얼굴로 위지극을 쳐다보더니 갑자기 웃음을 터뜨렸다.

"하하, 그런데 말이다. 회주를 포함한 북무림회의 그 누구도 유아의 사부를 함부로 대하지 못한다. 하하하핫!"

위지극은 그가 빨리 소유아의 사부에 대해 가르쳐 주기를 기다렸으나 금산청은 뭐가 그리 재미있는지 웃고만 있었다.

결국 기다리다 지친 위지극이 볼멘소리를 했다.

"뭐예요. 말을 했으면 끝을 내든지……."

"아, 미안, 미안. 그분이 예전에 저질렀던 일이 생각나서 말이다. 으흠으흠."

그는 가까스로 웃음을 참고는 말을 이었다.

하나 그것은 대답이 아니라 질문이었다.

"너 혹시 삼황사제(三皇四帝)라는 말을 들어본 적 있어?"

그 말에 위지극이 눈이 번뜩였다.

"네. 그럼요."

그는 당연하다는 듯이 말했다.

하나 사실 그건 거짓말이었다.

위지극은 들어본 게 아니라 읽어본 적이 있었다.

바로 계륵서관에서다.

최근의 무림 동향이란 내용의 책이었는데, 그곳에 삼황사제라는 표현이 언급되어 있었다.

하나 어이없게도 그들에 대한 설명은 단 한 줄이었다.

현 무림에서 가장 강하리라 평가받는 이들.

이게 다였다.

과연 대략의 동향만 조사한 게 분명했다.

금상천은 위지극이 알고 있다고 하자 마치 자신의 사부를 소개하듯 자랑스럽게 말했다.

"유아의 사부가 바로 삼황 중 도황이라 일컬어지는 서문평(叙雯玶), 그 어른이시다."

"아! 그래서……."

"그래서 아무도 말을 못하는 거지. 어디 감히 도황의 제자에게 이걸 써라 저걸 써라 할 수 있겠어?"

"그럼 유아가 들고 있는 흑전태도가 그분의 병기인가요?"

금산청은 도리질을 했다.

"물론 그분은 따로 자신의 애병이 있지. 저건 그분이 유아에게 선물한 거라 하더라. 뭐… 사실 모양은 비슷하다고도 할 수 있지만 그분의 도는 저거보다 배는 커."

"직접 본 적이 있어요?"

"물론이지. 우리 방에 오신 적도 있다니까."

"……!"

위지극의 놀람은 매우 컸다.

그러면서도 아쉬웠다.

이제 무에 대해 한참 깨달아가고 있는 그로서는 황이라 불릴 정도의 극강의 고수를 보지 못했다는 게 아쉬울 수밖에 없었다.

금상천이 위지극의 옆구리를 푹 찔렀다.

 "녀석, 너무 그러지 마라. 너도 때가 되면 그분을 볼 수 있을 거야. 적어도 일 년에 한두 번은 꼭 찾아오시거든. 유아를 얼마나 예뻐하시는데."

 "정말인가요?"

 "그럼 오실 때마다 한바탕 난리가 벌어져서 그렇지. 후후후."

 위지극은 그가 무슨 소릴 하는지 영문을 몰랐으나, 금산청은 웃기만 할 뿐이었다.

 "시작하려 해요."

 "그래?"

 사연화의 말에 금산청이 웃다 말고는 급히 소유아 쪽을 바라봤다.

 그러더니 갑자기 피식 다시 웃었다.

 "유아의 상대가 저 녀석이었구먼."

 "아는 사람인가요?"

 "응. 내 사제야."

 "그럼 누가 이길지도 아시겠네요?"

 위지극이 다시 물었다.

 "글쎄, 보통 때였다면 사제가 이길 게 분명하지만, 지금은 나도 잘 모르겠다. 오늘은 유아도 단단히 벼르고 나간 듯싶어서 말이다. 보다시피 흑전태도를 들고 나갔잖아."

소유아 쪽을 지켜보던 사연화가 둘의 대화를 듣고 있다가 한마디 끼어들었다.

"근데 두 사람, 싸우지는 않고 이야기만 하는데요?"

"응?"

모두는 궁금증 어린 시선으로 장내를 바라봤다.

"소저께서 소유아이시군요. 저는 이건추라 합니다."

금산청의 사제라는 청년이 먼저 입을 열었다.

"절 알아요?"

소유아가 도를 어깨에 걸치려다 깜짝 놀라 물었다.

"사형에게 들었습니다."

"금 오라버니 말씀이군요. 저도 당신이 그분의 사제라는 것쯤은 알아요. 근데 오라버니완 자주 만나나 보네요? 서로 조도 다른데."

"사형을 자주 뵙는 건 아니지만 그때마다 항상 소저에 대한 이야기를 하셔서 알게 된 거지요."

"흐음, 무슨 이야기를 했을까나? 보나마나 흉만 잔뜩 봤겠죠, 뭐."

청년은 급히 손을 내저었다.

"절대 아닙니다. 사형께선 소저가 도황 어르신의 제자라고 말씀하셨습니다."

소유아의 미간이 살짝 찌푸려졌다.

"뭐야, 또 그 얘기였어요? 이젠 그만 하고 다녀도 되는데."
"하하, 소저가 자랑스러운 것이겠지요."
"흥! 자랑할 게 그것밖에 없었나 보네."
"아닙니다. 다른 말씀도 하셨지요. 예쁘고 귀엽고……."
 청년은 차마 자신의 입으로 하기가 민망한지 말끝을 흐렸다.
 그러나 소유아는 그 말에 눈빛이 반짝였다.
"또요? 또 뭐라고 했어요?"
"에… 그… 착하기도 하고……. 아무튼 좋은 말씀을 많이 하셨습니다."
 청년은 이야기가 이상한 쪽으로 흘러가려 하자 급히 마무리 지었다.
 그러자 소유아가 투덜거렸다.
"내 앞에서나 좀 해보지. 남 앞에서는 잘도 하면서."
 그녀가 한참을 구시렁대고 있자 이건추가 조심스럽게 말을 꺼냈다.
"근데… 저기……."
"네?"
"이제 시작해야 할 듯싶습니다. 주위의 눈이 있는지라."
"아!"
 소유아가 둘러보니 군중들이 자신들을 날카로운 눈으로 노려보고 있었다.
 많은 사람들이 비무를 해야 하는 바쁜 때에 노닥거리고 있

도황지공(刀皇之功) 249

었으니 심기가 불편했음이 틀림없었다.

 소유아가 크게 고개를 끄덕였다.

 "좋아요. 오세요."

 이건추는 검을 빼 들고는 그녀를 멍하니 쳐다봤다.

 "준비가… 되신 건가요?"

 "그럼요. 빨리 덤벼요."

 소유아는 당연하다는 표정으로 손을 까닥였다.

 하나 이건추가 그리 묻는 데는 이유가 있었다.

 아무리 봐도 그녀의 자세는 비무를 하기 위한 자세가 아니었다.

 그녀는 흑전태도를 어깨에 턱하니 걸쳐 놓고 있었다.

 그야말로 편히 쉬고 있는 모습이다.

 하지만 어쩌겠는가? 본인이 되었다는데.

 "그럼."

 휙!

 이건추가 한 발 크게 전진하며 검을 횡으로 그었다.

 느리지도 빠르지도 않은 일검.

 그렇다고 절묘한 변화가 들어 있는 것도 아니었다.

 그야말로 '어서 피해주세요' 라는 듯한 공격이었다.

 소유아의 눈썹이 하늘로 곧게 솟구쳤다.

 "장난해요, 지금?"

 휘이이잉!

그녀의 말이 끝나는 순간 흑전태도가 어깨에서부터 미끄러지듯 뒤로 물러나더니 빠르게 수직으로 떨어져 내렸다.

태에엥!

"웃!"

이건추가 휘청거리며 뒷걸음질쳤다.

하마터면 그대로 검을 놓칠 뻔했다.

소유아를 생각해서 한 수 양보하려던 그의 배려는 이렇게 헛되이 지나갔다.

"사람 우습게보고. 흥!"

소유아는 처음 그 자세로 돌아와 코웃음을 쳤다.

이건추는 놀라운 그녀의 패력에 잠시 놀란 표정을 지었으나 이내 안정을 되찾고는 검을 고쳐 잡았다.

"차앗!"

그의 우렁찬 기합 소리가 그의 새로워진 마음가짐을 대변하는 듯했다.

쉬악!

검의 움직임이 방금 전과는 확연히 다르다.

빠르면서도 절도가 있다.

종남파의 절기 낙성검법(落星劍法)이 그의 손에서 한 초식 한 초식 펼쳐지고 있었다.

"진즉부터 그리 나왔어야지!"

소유아의 신형이 움직이기 시작했다.

티티팅!

한데 그녀의 대응이 기묘했다.

소유아는 도를 슬쩍슬쩍 흔들 뿐, 검과 정면으로 부딪치지 않았다.

도는 어깨에 들러붙은 듯 허리와 머리, 그리고 보법으로만 낙성검법을 상대하고 있었다.

"나왔구나! 궁행태보(宮行汰步)!"

금산청이 신이 나서 외쳤다.

"그게 도황의 보법인가요?"

"당연하지. 그럼 누구의 보법이겠어?"

위지극의 물음에 금산청이 건성으로 대답했다.

그의 시선은 소유아의 신형에서 떨어지지 못했다.

위지극도 다시 그녀를 쳐다봤다.

궁행태보.

도황이라 불리는 사람의 보법이니 얼마나 뛰어나겠는가?

자신에겐 검법과 심법이 있다.

그러나 보법이나 신법은 없었다.

'무혼은 저런 거 없나?'

위지극은 불만스러웠다.

큰소리만 치지 말고 저런 거나 좀 가르쳐 줬으면 하고 생각했다.

한편 이건추의 공격은 어언 이십여 초를 넘어 삼십 초가 되어가고 있었다.

그런데도 장내의 상황은 변함이 없었다.

이건추는 쉴 새 없이 검을 떨치면서도 내심 놀라움을 금치 못했다.

지금까지 소유아는 공격 한 번 하지 않았다.

'저러면서 어떻게 낙성검법을 막아내지?'

정확히 말하자면 막아낸다기보다는 피하는 것이었다.

하지만 그게 그거다.

도황의 보법인 궁행태보. 과연 절기라 칭하지 않을 수 없다.

크게 바깥으로 휘어들어 오는 검은 건드리지 않고 피해낸다.

직선으로 찔러오는 짧은 검은 어깨 위에 놓인 도에 튕겨낸다.

그러면서도 도는 방향만이 조금씩 바뀔 뿐, 거의 움직임이 없다.

누가 보아도 소유아가 한 수 위로 보였다.

"진면목을 보이지 않고는 쉽게 못 이길 거다."

금산청이 조그맣게 중얼거렸다.

위지극은 그 말을 들었다.

하지만 정확히 누구에게 하는 말일까?

지금 상황으로는 분명 이건추일 텐데.

하나 소유아에게도 해당되긴 마찬가지다.

그녀 역시 기회를 노리고 있을 터다.

단 한 번에 치고 나갈.

그런 기회를 주느냐 마느냐는 이건추에게 달려 있었다.

바로 그때였다.

이건추의 안색이 돌연 침착해졌다.

"과연 도황 어르신의 보법이오."

"당연하지. 누구의 사부신데."

어째 말이 이상하다.

그러나 이건추는 신경 쓰지 않았다.

"하나 소저의 화후는 그리 높지 못할 것이오!"

그의 검법이 돌변했다.

선과 점으로 일관되었던 그의 검이 갑자기 짧은 호를 연속으로 그려내기 시작했다.

이를 보고 있던 금산청이 다시 입을 열었다.

"호오, 제법인걸."

낙성검법의 절초 월영난무(月影亂舞)였다.

적게는 다섯 개, 많게는 서른여섯 개의 월영을 만들어내는 낙성검법 후이식(後二式) 가운데 하나.

이건추의 월영은 모두 스물여덟 개였다.

칠성의 경지.

낙성검법은 일성을 올리기 위해 대략 삼 년에서 사 년 정도가 소요됐다.

하니 이건추의 나이가 이십대 초반인 것을 감안한다면 놀라운 성취가 아닐 수 없다.

"칫!"

그녀의 대응도 변했다.

보법만으로 상대하는 게 무리라 판단했는지 급히 몸을 뒤로 뺐다.

하지만……

월영난무가 뒤로 신형을 거둔다 하여 파훼되는 것이었다면 절초라 불리지도 않았을 것이다.

횡, 횡, 횡.

월영이 미치는 범위가 더욱 넓어졌다.

마치 그물을 던져 놓은 듯하다.

구경하는 이들의 눈을 어지럽히며 사방으로 퍼져 가는 월영.

그러던 어느 순간이었다.

쉬이이엑!

퍼지던 월영이 한자리에 모이는가 싶더니 그대로 소유아에게 쏟아져 나갔다.

그때였다.

뒤로 물러서던 소유아가 멈춰 섰다.

그녀의 얼굴엔 야릇한 미소가 떠올라 있었다.

"야아아압!"

거대한 흑전태도가 꿈틀댔다.

그녀의 어깨를 타고 흑전태도가 위로 솟구쳤다.

어깨로 도를 들어 올리는 모양새다.

그렇게 허공으로 솟구친 흑전태도가 은은한 붉은빛으로 변한다 싶은 순간,

푸악!

기괴한 음향을 내며 월영과 부딪쳐 갔다.

콰앙!

"뭣!"

이건추의 경악성이 터져 나왔다.

눈부신 빛이 사방으로 흩어진다.

뭉쳐 있던 스물여덟 개의 월영.

그것들이 산산이 부서져 나가며 허공을 수놓았다.

'말도 안 돼!'

월영 하나하나에 깃든 공력은 결코 적지 않다.

그 하나만으로도 일반적인 검초를 무력화시킬 정도.

하물며 그런 월영 스물여덟 개가 모인 극체를 단 일도로 부서뜨리다니.

하지만 그가 놀라기엔 아직 일렀다.

소유아의 흑전태도는 아직 일초식을 끝마친 게 아니었다.

쉬이이잉!

월영을 부수고 돌아온 흑전태도가 그녀의 팔꿈치에서 크게 원을 그려내더니 또다시 덮쳐 오는 게 아닌가?

'허엇!'

이건추의 얼굴이 순식간에 시커멓게 변했다.

그는 급히 검을 들어 올렸다. 그러나,

쾅!

"큭!"

벽자검이 그대로 부서져 나갔다.

태산으로 짓누르는 듯한 압력.

그러고도 여력이 남은 흑전태도는 이건추를 무릎 꿇리고 나서야 멈췄다.

그의 머리 앞에 멈춰 선 흑전태도.

이것이 바로 도황의 무공이라고 시위하는 듯한 모양새였다.

이건추는 불신의 눈으로 도를 올려다보고 있었다.

그의 손이 부들거렸다.

소유아가 도황의 제자라는 사실은 익히 알고 있었다.

도황의 도법이 좀처럼 찾기 힘든 패도라는 사실도 알고 있었다.

하지만 저 작은 여자의 몸에서 어찌 이런 파괴력이 나온단 말인가?

'깨끗이 졌군.'

이건추는 결국 고개를 떨어뜨렸다.

"오랜만에 잡아본 흑전태도는 어땠어?"
소유아가 자리로 돌아오자 금산청이 물었다.
"뭐, 그런대로 괜찮았어요."
"하! 뭐야?"
금산청이 코웃음을 쳤다.
"아주 한 번 이기더니 기고만장이구나!"
"흥! 진짜란 말이에요. 이번에도 청광은 안 나왔죠?"
금산청은 그만에 흠칫하더니 어색하게 고개를 끄덕이며 말했다.
"그래, 조금 붉은 정도……."
"역시나. 에휴!"
소유아가 커다란 한숨을 내쉬었다.
둘의 대화를 듣고 있던 위지극은 갑자기 궁금증이 치밀었다.
"무슨 청광?"
그 말에 오히려 금산청이 깜짝 놀라 물었다.
"너, 유아의 도법이 뭔지 몰라?"
"모르는데요?"
위지극은 아무렇지도 않게 대답했다.
"잉? 삼황사제에 대해 안다며?"

"들어는 봤죠. 하지만 개개인의 무공까지 자세히 아는 건 아니에요."

금산청은 뭐 이런 놈이 다 있나 하는 눈으로 위지극을 쳐다봤다.

현 강호에서 삼황사제의 무공을 모르는 무림인은 없다 해도 과언이 아니었다.

한데, 인청각에 들 정도의 실력을 가졌음에도 모른다 하니 도통 이해할 수가 없었다.

"너 혹시 산속에서 혼자 무공 익혔냐? 무슨 비급 같은 거 보고?"

금산청은 농담으로 슬쩍 던진 말이었으나, 위지극은 내심 움찔했다.

그의 말은 거의 맞았다.

단지 산속이 아니라 땅속에서 익혔다는 점이 다를 뿐.

"저기 그건… 제가 집 안에서 시간을 보내는 성격이라……."

"그래? 하긴 지난번에 사취암에서 연공하는 걸 보니 그럴 것도 같더라."

금산청은 위지극이 대충 얼버무린 말에 의외로 수긍하는 듯했다.

"그래도 말이다, 밖으로도 좀 돌아다니고 그래야지 안에만 있으면 병나."

"네. 앞으론 그럴게요."

위지극은 알겠다고 대답했지만, 정작 밖을 돌아다니고 싶어 태평촌을 뛰쳐나온 그로서는 사실대로 말할 수 없는 현실에 속이 탔다.

"그럼 설명해 주지. 도황 어르신의 도법, 즉 유아의 도법은 백염도법(白炎刀法)이다. 뭔가 감이 오지 않아?"

"도에서 백색 불꽃을 일으킨다는 뜻인가요?"

"맞다. 하지만 그건 화후가 그만큼 돼야 가능한 것이고, 그 전에는 적염과 청염의 단계를 거친다. 맞지, 유아야?"

소유아는 고개를 끄덕였다.

그러자 금산청이 흐뭇한 표정으로 말을 이었다.

"너도 방금 전에 흑전태도에서 붉은빛이 나는 것을 봤지? 그건 아직 유아가 청염의 단계에도 이르지 못했다는 뜻이야. 하니 아직도 갈 길이 멀었지."

"어째 듣기가 좀 거북하네요. 네, 오라버니?"

소유아가 눈을 게슴츠레하게 뜨고 금산청에게 얼굴을 바짝 들이댔다.

"앗, 그래. 갈 길이 멀진 않고 이제 조금 남았다. 너만 한 나이에 그 정도의 성취를 보이는 게 어디 쉬운 일이냐?"

금산청이 잽싸게 고개를 돌렸다.

한편 위지극은 뭔가를 골똘히 생각하는 눈치였다.

그러다가 금산청에게 조심스럽게 물었다.

"혹시 그 백염도법이 얼마나 오래된 무공인지 아세요?"
"오래된 무공?"
"그러니까 만들어진 게 언제쯤인지……."
"이상한 걸 다 묻는구나. 그게 궁금해?"
"네."
위지극은 똑 부러지게 대답했다.
"허, 정말……."
금산청은 내심 어이가 없었다.
강호사가(江湖史家)도 아니고 무인이 무공의 역사를 알아서 어디에 쓴단 말인가?
당연히 그 무공에 어떤 초식이 있고 얼마나 강한가를 궁금해해야 하는 게 정상이건만.
"너에겐 미안하지만, 거기까진 내가 대답해 줄 수 없을 듯하구나. 그건 나도 모르거든."
금산청은 소유아를 바라봤다.
무공의 연원을 아는 사람은 그녀밖에 없었다.
소유아는 위지극을 보며 히죽 웃으며 입을 열었다.
하지만 그녀의 대답은 위지극이 바라던 것이 아니었다.
"극아, 너도 나랑 닮았다."
"……?"
"너 안 나가? 네 차롄데?"
"아!"

위지극은 깜짝 놀라 일어섰다.
장내에는 한취가 팔짱을 끼고 이쪽을 노려보고 있었다.

"기다리게 해서 미안하다."
위지극은 일단 사과부터 했다.
하지만 한취의 시선은 싸늘하기 그지없었다.
"가지가지 하는군. 나를 화나게 할 셈으로 그런 거라면 일단 성공했다고 말해두지."
"고의는 아니었어."
"그랬겠지. 믿진 않지만."
한취의 말 한마디 한마디는 날카로웠지만 먼저 잘못을 한 위지극으로서는 뭐라 해줄 말이 없었다.
"네가 나를 기다리게 할 정도의 실력인지는 천천히 알아보기로 하고……."
한취는 위지극을 보며 기이한 미소를 떠올렸다.
"넌 어디서 온 놈이냐?"
위지극의 표정이 일순 굳어졌다.
"무슨 뜻이지?"
한취의 미소가 조금씩 비틀렸다.
"뒷조사를 한다고 나름 애를 써봤는데 말이야. 아무도 널 몰라. 아무도. 넌 위명을 떠나 이름조차 알려지지 않은 놈이야. 이게 말이 된다고 생각해?"

위지극은 그를 쏘아본 채 나지막이 말했다.
"그건 네가 상관할 바가 아닌 듯한데."
"아니야. 상관이 있어. 그것도 아주 많이. 인청각이 개나 소나 드나드는 곳이란 인상을 줄 수 있거든."
"그래서?"
"그래서라니? 너 같은 놈과 같은 소속이라는 게 당연히 창피하지 않겠나?"
"훗."
위지극은 낮게 코웃음을 쳤다.
"웃어?"
"네 말을 듣자 하니 전혀 앞뒤가 안 맞아서 말이야. 나를 모른다면서 그런 소릴 하는 게 웃기지 않아?"
"……!"
"결국 내가 개일지 소일지 사람일지 모른단 소리잖아. 그런데 뭐가 창피해?"
"어디서 헛소릴!"
"자자, 말싸움은 그만 하고, 검이나 뽑아."
위지극이 조용히 말했다.
그는 더 이상 한취와 나눌 이야기가 없었다.
왜 이리 자신에게 한이 많은지 알 수 없었지만, 굳이 알고 싶지도 않았다.

한쪽에 마련된 참관인석.

인청각 부각주 나도량(挪道量)이 사무진에게 조용히 물었다.

"저 아이가 성천에서 왔다는 아이지요?"

"그렇네."

"혹 그의 무공을 보신 적이 있으십니까?"

사무진은 고개를 저었다.

"없네. 다만 들은 바는 있지. 하지만 그것도 자세한 게 아니라서 딱히 뭐라 해줄 말이 없구먼."

"흠……."

둘의 대화를 듣고 있던 방사담이 조용히 웃었다.

"뭘 그리 조급해하십니까. 이제 곧 보게 되실 텐데요."

"음, 그도 그렇군. 하지만……."

"하실 말씀이라도……."

"저 아이가 성천에서 왔다면 과연 이런 자리에서 진면목을 드러낼까 해서 말일세. 나라면 그러지 않을 듯싶으이."

방사담이 여전히 웃음을 지우지 않은 채 말했다.

"나 부각주님의 말씀대로 충분히 그럴 수 있습니다. 하나 설령 그렇다고 해도 실력을 어느 정도 짐작할 수는 있지 않겠습니까? 회주님 생각은 어떠신지요?"

그는 혁우상을 쳐다봤다.

"짐작하는 거야 가능하겠지. 한데 왠지 저 아이, 화가 나

있는 것 같은데, 어쩌면 예상외의 것을 보게 될지도 모르겠어."

방사담은 위지극에게 눈길을 주었다.

그러더니 예의 미소를 지으며 입을 열었다.

"그렇군요. 상대와 어떤 연이 있나 봅니다."

"저 나이 때는 서로 다투기도 쉬운 법이지. 그나저나 빨리도 마찰을 일으켰구먼."

"하하하! 그러게 말입니다. 다투면서 친해지는 것 아니겠습니까?"

한취는 위지극의 도발에 핏발이 섰다.

비선검(飛線劍) 한취.

그는 명문세가 출신이다.

그의 가문은 비록 육대세가에 속하지는 않으나 그건 무공이 약해서라기보다는 육대세가에 들기 위해 노력하지 않아서였다.

대신 한가는 많은 관인을 배출해 냈다.

문무겸전(文武兼全)이다.

다만 문무겸전이란 것이 인성까지 바르게 하는 것은 아닌지라, 한취와 한성 형제는 타 조원들과 자주 충돌을 일으키곤 했다.

"방금 뭐라 했지?"

"검이나 빨리 뽑으라고."

한취는 씹어 죽일 듯이 위지극을 노려보다 그의 검을 쳐다 봤다.

상대에게 검을 뽑으라 하려면 자신이 먼저 해야 하는 게 아닐까?

"네놈이나 먼저 뽑아라!"

"그러지, 뭐."

위지극은 대수롭지 않게 대답하고는 검파를 쥐었다.

그러나 그런 상태로 잠시 동안 멈춰 있더니 이윽고 손을 뗐다.

"난 그냥 이대로 할래."

그리고는 하얀 이를 드러내며 웃었다.

第十八章
우극탄천(遇極攤天)

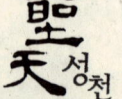

한취는 더 이상 참지 못했다.
결국 벽자검을 뽑은 그는 위지극을 향해 내달렸다.
"죽어라!"
비무 중에 나올 만한 말은 결코 아니었으나, 그의 분노는 이미 극에 치달아 있었다.
위지극은 자신을 향해 다가오는 그의 검을 보았다.
그리고 조용히 생각했다.
'무혼!'

창연검법 제사초 우득산파(雨得散波).

내현지성이 그의 생각과 동시에 발해졌다.

'역시!'

자신의 예상이 들어맞음을 확인하고는 회심의 미소를 지었다.

위지극은 오늘 희한한 경험을 했다.

아니, 사실 이전에 겪어본 적이 있는 경험이다.

바로 내현지성과 함께 초식이 읽히는 기이한 현상.

이는 가장 먼저 악호의 태산도법에서부터 시작되었다.

악호와 대적하던 당시, 그의 머릿속에는 한 명의 괴인이 태산도법을 펼치는 장면이 그려졌다.

그 초식 그대로 악호는 펼쳤고, 이어지는 내현지성은 파훼법을 알려줬다.

초식을 알고 파훼법을 안다.

가히 무적이라 할 수 있다.

하지만 이는 위지극의 뜻대로 되는 게 아니었다.

그냥 불쑥 떠오른 상념처럼 그려진 것이다.

하나 오늘 새로운 사실을 깨달았다.

내현지성을 부를 수 있다. 아니, 정확히는 무혼을 부를 수 있었다.

그 사실을 어렴풋이나마 깨달은 순간은 금산청의 비무 때였다.

금산청의 비무를 보며 그에게 집중하는 순간, 내현지성이 초식을 말해줬고, 한 도인이 펼치는 모습이 그려졌다.

위지극은 처음엔 누군가가 무공을 펼치기만 하면 생겨나는 줄로만 생각했다.

하지만 가만히 따져 보면 금산청의 비무 이전에도 많은 비무가 있었다.

그때는 내현지성이 발하지 않았다.

그럼 결론은 하나였다.

집중력.

얼마나 상대의 무공에 몰입하느냐가 관건이었다.

이전의 비무 때는 재미있기는 했을지언정 몰입했다 말하기엔 부족했다.

하나, 자신이 속한 조의 조장이자 선배인 금산청이 비무를 시작하자 자연스레 그의 한 동작 한 동작에 신경을 집중했고, 그 순간 내현지성이 발한 것이다.

그리고 사연화의 비무도 마찬가지다.

사연화 때는 의도적으로 관심을 줄였다.

그러자 아무 일도 일어나지 않았고, 다시 몰입했을 때에야 내현지성이 들려왔다.

거기서 위지극은 확신했다.

무혼을 언제라도 부를 수 있다.

상대의 초식을 언제라도 꿰뚫을 수 있다.

그렇게 철석같이 믿었는데……

곧 문제가 발생했다.

위도곡까지는 괜찮았다.

문제는 소유아부터였다.

그녀가 흑전태도로 펼치는 백염도법!

아무리 집중해도 내현지성이 들리지 않았다.

괴인이 무공을 펼치는 장면도 떠오르지 않았다.

초식 명도 모르겠고 검로도 모르겠다.

위지극은 당황했다. 자신의 짐작이 틀린 것일까? 무혼을 마음대로 부르는 게 불가능한 것일까?

하지만 그때 불현듯 무엇인가가 생각났다.

바로 처음 내현지성이 들렸을 때의 일이다.

무혼은 분명 천 개가 넘는 검법을 직접 겪고 분석했다고 말했다.

그렇다는 것은 태산도법을 펼친 괴인이나 금산청이 무공을 펼칠 때 나타났던 도인은 모두 실존했던 인물이 아닐까?

그 사람들이 무공을 펼치는 모습을 무혼의 시각에서 되돌려 보는 게 아닐까?

아마도 틀림없을 것이다.

그럼 무혼이 보지 못한 무공이라면?

당연히 초식을 모를 것이고, 그리되면 파훼법 역시 알려주지 못할 것이다.

그래서 위지극은 도황의 무공이 얼마나 오래됐는지를 물었다.

만약 백 년이 채 안 되었다면 무혼심결이 만들어진 게 최소 백 년 전이란 뜻이다.

왜냐하면 백염도법처럼 뛰어난 무공을 무혼이 무시하고 넘어갔을 리 만무하기 때문이다.

위지극은 그래서 마지막으로 한 번 더 확인했다.

한취의 무공을 보고 내현지성이 나타나는지를 말이다.

한취의 무공이 얼마나 오래됐는지는 모르지만, 일단 나타난다면 자신의 가설은 사실이란 뜻이었다.

그리고 위지극은 지금 막 이를 확인했다.

내현지성에 이어 청수한 외모의 백의문사(白衣文士)가 나타났다.

그는 문사 차림임에도 장검을 들고 있었는데, 그 모습은 절정에 달한 무인의 기백을 느끼게 했다.

그리고 그가 펼치는 검법.

바로 눈앞에서 한취가 펼치려 하는 창연검법이었다.

"하압!"

우렁찬 기합 소리와 함께 한취의 검이 수십 개로 나뉘어 폭사되어 왔다.

우득산파는 환검(幻劍).

수십 개의 검 중 진짜는 단 하나다.

그리고 위지극은 그것이 가장 좌측에서 두 번째라는 것을 알았다.

쉬잇!

위지극의 신형이 급격히 비틀리며 우측으로 돌아갔다.

그의 몸이 마치 수십 개의 검에 꿰뚫리는 듯했다.

하지만 이내 검영은 잔상만을 남기며 사라졌고, 진검은 헛되이 허공을 찔렀다.

"흡!"

한취는 급한 숨을 들이켰다.

우득산파에 걸려든 상대는 당연히 허둥거려야만 했다.

수십 개의 검이 환검이라는 걸 안다 해도 어느 게 진짜인지 아는 것은 불가능하기 때문이다.

하나 위지극은 당연하다는 듯 피해냈다.

"운이 좋구나!"

그는 급한 대로 좌로 검을 휘둘렀다.

또다시 빈 허공이 갈라졌다.

위지극은 뒤로 멀찌감치 물러선 후였다.

"이상하군요."

나도량이 의혹 어린 목소리로 입을 열었다.

그가 사무진에게 물었다.

"혹시 그가 사용하는 보법이 무엇인지 알아보시겠습니까?"

하지만 대답은 혁우상에게서 나왔다.

"내가 보기엔 보법이 아닌 듯싶소."

주위의 모든 시선이 그를 향했다.

혁우상은 사람들이 자신의 설명을 기다리는 듯하자 덧붙여 말했다.

"저건 그냥 발을 옮기는 것뿐이오. 우리가 아는 그 어떤 보법이 아니라."

"그럼 지금 저 아이가 펼치는 게 무공이 아니란 말씀이십니까?"

이에 혁우상은 확고하니 대답했다.

"내가 보기에는 그렇소."

"허, 보법도 아닌데 한씨세가의 창연검법을 피해낸다는 게 가능한 일인지 저로서는 의아할 따름입니다."

"나도 의아하긴 마찬가지요. 하나 짐작은 할 수 있지."

그는 위지극에게서 눈을 떼지 않은 채 말을 이었다.

"저건 상대의 검법을 미리 알고 있지 않은 이상 나오기 힘든 움직임이오. 저 아이의 움직임이 딱히 느리다 할 수는 없으나 그렇다고 재빠르지도 않소."

"제가 본 바로도 그렇습니다. 그래서 이상하다는 거지요."

"하면 답은 이미 나온 게 아니겠소?"

"……."

나도량은 일시지간 말문이 막혔다.

회주의 말에서 잘못된 점을 찾기 힘들었으나, 쉽게 납득이 되는 것도 아니었다.

상대의 무공을 미리 알고 피한다?

어쩌면 가능할 수도 있다.

하지만 같은 검법을 익힌 동문끼리 비무할 때조차 상대의 움직임을 파악하는 일은 어렵다.

개개인의 특성이 있고, 시시때때로 변화를 주는 것이 무공이기 때문이다.

위지극이 피해낸 우득산파만 해도 그렇다.

여러 개의 환검 속에 감춰진 하나의 진검.

그 초식을 안다고 해서 진검을 찾아낼 수 있는 것은 아니다.

환검의 위치는 항상 변하기 때문이었다.

나도량이 상념에 잠겨 있는 듯 보이자 혁우상은 한마디를 덧붙였다.

"잊지 마시오. 그는 성천에서 왔다는 사실을 말이오."

"……!"

그래, 맞다.

그는 성천에서 왔다.

자신들의 상식이 통하지 않는 곳, 무공에 대한 개념을 모조리 뒤바꿀 수 있는 곳.

그런 능력을 가진 곳이 바로 성천이었다.

"그렇군요……."

나도량이 수긍하자 혁우상이 사무진을 보며 말했다.

"그리고 또 한 가지 알아보고 싶은 것이 있소."

"무엇입니까?"

"공력이오. 나는 저 아이의 보법보다 그것이 더 궁금하오."

사무진은 그 말에 잠시 위지극을 쳐다보다 혁우상에게 물었다.

"저 아이의 내공에서 무슨 문제점이라도 발견하셨습니까?"

자신은 찾지 못했다.

하지만 자신보다 훨씬 안목이 뛰어난 회주라면 무엇인가를 찾아냈을지도 몰랐다.

"그렇소. 하나 지금 이 자리에서 밝힐 수는 없을 듯하오. 나조차 확신을 못하기 때문이오. 하니 이를 해결하기 위해서라도 저 아이를 직접 만나봐야만 할 것 같구려."

"조만간 자리를 마련하겠습니다."

"그래주시면 고맙겠소, 사 각주."

"쥐새끼처럼 잘도 피하는구나."

한취는 애써 비웃었다.
"원래 내가 그래."
위지극은 빙긋 웃었다.
하나 속마음까지 드러난 웃음처럼 밝은 것은 아니었다.
지금은 무조건 피할 수 있어야만 했다.
모든 공력을 하반신에 집중하고 있었으니까.
무혼심결을 시험할 수 있어서 나름 흡족한 기분은 있었지만, 그것과 지금의 상태는 별개였다.
위지극의 선천칠기는 모두 일곱 곳에 기가 집중된다.
혼원무혼검을 펼칠 때는 단전으로 일시에 모였다가 다시 전신으로 퍼져 나가고, 공력은 급격히 소모된다.
자심연도가 칠성이라고는 하나 아직도 채 두 번을 연속으로 펼치기가 힘들었다.
그리고 그럴싸한 보법도 없다.
그런 그가 날카로운 한취의 검을 피하기 위해서는 다리에 간직된 진기만으로는 턱없이 모자랐다.
이미 예막정과의 싸움에서 경험하지 않았던가? 피하는 데에는 속도가 뒤따라야 하고, 이를 가능케 해주는 것이 공력이라는 사실을.
결국 모든 진기를 하반신으로 집중하지 않으면 한취의 검을 파악할 수는 있을지언정 피해낼 수는 없었다.
그는 눈뜨고 당하기 싫었다.

한편, 성질이 날 대로 난 한취는 연거푸 검을 떨쳐 냈다.

마치 사지육신을 모조리 잘라 버릴 듯이 악을 쓰고 달려들었다.

하지만 미리 알고 피해내는 위지극을 잡기엔 무리였다.

'쳇, 그래도 꼴불견이겠지?'

다리에 잔뜩 힘을 주고 피하는 꼴이니 멋진 모습일 리가 없다.

이리저리 뒤뚱거리는지도 몰랐다.

'하루빨리 신법이란 걸 익혀야 할 텐데. 왜 무혼은 안 가르쳐 줄까?'

위지극은 급한 대로 사연화나 금산청에게 부탁해 적당한 보법을 하나쯤 배워야겠다고 마음먹었다.

그때였다.

"야아압!"

갑자기 한취의 초식이 일변했다.

무수했던 환검이 사라지고, 단 하나의 검만이 남아 춤을 추기 시작했다.

이리저리 허공을 휘젓는 것이 나비처럼 보였다.

위지극은 눈을 부릅떴다.

'무혼!'

내현지성이 사라졌다.

초식을 펼치는 백의문사도 나타나지 않았다.

우극탄천(遇極攤天)

"젠장!"

위지극은 자신을 향해 나비처럼 나부끼듯 다가오는 검을 피해 급히 뒤로 신형을 물렸다.

찌익!

하지만 조금 늦었다.

위지극의 옷깃이 어깨 부근에서 한 치가량 찢겨 나갔다.

무혼의 도움이 예고도 없이 사라졌기 때문에 한취의 공격을 완벽히 피해내지 못했다.

'만든 지 오래되지 않은 무공인가 보군. 하필이면 이런 때에……'

위지극은 난처한 기색을 애써 숨겼다.

한데 놀란 것은 그가 아니라 한취였다.

"어?"

그는 얼떨떨한 표정을 하고 있었다.

위력으로 따지면 방금 펼친 호접무검(胡蝶舞劍)은 창연검법의 반도 되지 않았다.

그런데도 상대는 지금까지와 다르게 피해내지 못했다.

하나 이유야 어찌 됐든 한취는 상대에게 호접무검이 먹혀 들어간다는 사실을 알았다.

"호오!"

그의 얼굴에 서서히 미소가 번져 갔다.

"이거이거, 신기한걸. 창연검법보다는 호접무검이 네놈에게 천적인가 보구나."

위지극의 미간이 미미하게 찌푸려졌다.

"그렇다는 걸 알았으니 그럼 지금부터는 호접무검으로만 상대해 볼까?"

볼까라는 말이 끝나기가 무섭게 그의 검이 또다시 춤을 추며 위지극을 향했다.

"칫!"

한취의 검이 미치는 범위는 창연검법에서보다 적다고는 하나 무시할 수준은 아니었다.

위지극은 그의 검을 똑바로 쳐다보고 있다가 우측이 허술한 듯 보이자 그쪽으로 신형을 날렸다. 하지만,

촤악!

이번엔 세 치가 넘게 옷이 찢겨 나갔다.

위지극은 계속해서 자신을 노리고 다가오는 검을 피하기 위해 무던히도 노력했지만 그때마다 번번이 조금씩 늦었고, 옷은 그만큼 찢겨 나갔다.

다행히 몸에 직접적인 상처가 나진 않았으나 옷이 점점 너덜너덜해지고 있었으니 이 또한 참기 힘든 수치였다.

'이렇게 된 이상!'

위지극이 마침내 검을 뽑아냈다.

그리고는 최대한 멀리 물러났다.

원래는 내현지성만으로 그를 물리칠 생각이었다.

하지만 예기치 못한 복병 때문에 틀어지고 말았다.

결국 직접 검을 맞댈 수밖에 없는 상황.

"왜? 계속해서 도망 다녀보시지?"

한취가 히죽거리며 다가왔다.

"지겨워졌어."

위지극은 차분히 고개를 저었다.

"그럼 이제 슬슬 제대로 할 마음이 든 건가?"

"아니, 이제 슬슬 끝내려고."

"……?"

한취는 위지극의 말에 잠시 멈칫하다가 이내 욕지기를 내뱉으며 달려들었다.

"이 미친 자식이!"

화라라라락!

그의 검이 기묘한 음향을 내며 덮쳐 왔다.

그와 동시에 검을 쥐고 있는 위지극의 손에 푸른 힘줄이 솟아났다.

'무겁지 않게… 최대한 가볍게……'

위지극은 속으로 끊임없이 중얼거렸다.

그리고 그의 눈빛이 번뜩인다 싶은 순간,

드디어 검이 움직였다.

쉬아아아악!

위지극의 검 아래에서 대기가 짓눌리며 일그러지기 시작

했다.

 땅과 검 사이에서 공기가 응축되었다.

 그리고 거대한 압력을 견디지 못한 대기가 어느 순간 폭발을 일으켰다.

 콰콰쾅!

 "크악!"

 한취의 애절한 비명 소리가 터져 나왔고, 뒤늦게 일어난 흙먼지가 위지극을 중심으로 퍼져 나가며 허공을 자욱이 뒤덮었다.

 "저, 저런!"

 나도량이 벌떡 일어섰다.

 그의 눈은 쉴 새 없이 떨리고 있었다.

 "보, 보셨습니까?"

 "보았네."

 사무진은 의외로 담담한 음성이었다.

 그로서는 어느 정도 예상한 것이었다.

 염상천의 무공을 옆에서 직접 보아온 그였으니까.

 비록 가주는 위지극에게 기대치 말라 했지만, 염상천을 아는 그로서는 아무리 그가 약해 보이더라도 숨겨진 실력이 있을 거라 짐작하고 있었다.

 하지만 그런 그 역시도 조금은 놀라던 참이었다.

"허… 허, 성천이라……. 저것이 성천의 무공이로군요."

나도량은 자신의 눈을 믿지 못하겠다는 듯 헛웃음을 터뜨렸다.

위지극의 나이는 익히 들어서 알고 있었다.

열일곱.

그 나이에 저런 성취라니.

새삼스레 성천이란 존재에 경외심이 들었다.

"과연 뛰어나군."

혁우상이었다.

"하지만 조금 걱정이 돼."

"걱정이라니요?"

방사담이 물었다.

"내 예상이 맞다면 저 공력은……."

그는 말을 하다 말고 고개를 저었다.

"아니네. 아직은 확실치 않으니 나중에 말해줌세."

방사담은 혁우상을 잠시 주시하다 장내를 쳐다봤다.

그곳엔 서서히 흙먼지가 걷히고 있었다.

투투투툭.

얼마나 높이 치솟은 것인지, 그제야 흙덩이가 땅으로 떨어져 내렸다.

그리고 드러나는 풍경.

위지극의 앞 저만치에 한취가 쓰러져 있었다.

위지극은 먼지가 걷히자 주위를 두리번거리다 그를 발견하고는 재빨리 뛰어갔다.

철썩철썩.

위지극은 한취를 앉혀놓고 뺨을 후려쳤다.

"야! 괜찮아? 정신 차려봐!"

"으으음."

한취가 정신이 서서히 드는지 신음 소리를 내더니 갑자기 눈을 부릅떴다.

"뭐… 뭐야?"

"휴우, 괜찮은가 보구나."

위지극은 가슴을 쓸어내리며 안도의 한숨을 내쉬었다.

천하중검의 최고봉인 우극탄천.

있는 그대로 펼치면 한취의 목숨이 위험했다.

비록 자신의 눈으로 직접 보진 못했지만, 우극탄천을 펼친 후 객잔에 어떤 일이 벌어졌는지를 사연화를 통해 들었다.

때문에 우극탄천의 위력을 최대한 줄이기 위해 오의를 거슬렀다.

가볍게 펼친다는 생각을 우극탄천이 끝나는 순간까지 끊임없이 되뇌었다.

그러나 막상 초식이 펼쳐지려 하자 내력이 썰물처럼 빠져나갔다.

이에 대경한 위지극은 초식을 끝맺지 않고 급히 중간에서 멈췄다.

그 결과가 이것이다.

덕분에 한취는 목숨을 건질 수 있었다.

하지만 완전히 무사한 것은 아니었다.

"아악! 내 팔!"

한취는 크게 비명을 지르며 오른팔을 움켜잡았다.

팔이 부러져 있었다.

완전히 펼치지 않은 우극탄천이라 그 범위가 좁다고는 하나 그의 팔이 휘말리기엔 충분했다.

오히려 몸 전체가 끌려가지 않은 걸 다행이라 여겨야 할 상황이었다.

"이… 이 자식이!"

한취는 시뻘겋게 충혈된 눈으로 위지극을 노려봤다.

위지극은 차마 그의 눈을 마주치치 못하고 슬쩍 고개를 돌렸다.

"미안."

"뭐, 뭐야? 미안?"

"정말로 미안."

위지극은 고개를 조금 숙였다.

"대신 다음에 내 팔을 한 번 부러뜨릴 기회를 줄게. 그러면 됐지?"

말을 마친 위지극은 재빨리 자리에서 일어섰다.

 잘못은 했을지언정 한취에게 욕먹고 있기는 싫었다.

 그는 돌아가려다 갑자기 뭔가를 생각해 내고는 땅바닥을 뒤적였다.

 한참 만에야 무언가를 찾아낸 위지극은 한취 앞에다 가지런히 그것을 가져다 놓았다.

 그것은 네 조각으로 부러진 한취의 벽자검이었다.

 "부러졌어. 이것도 미안해."

 그리고는 뒤도 돌아보지 않고 후닥닥 뛰어갔다.

 "뭐… 뭐, 저런 자식이 다 있어!"

 한취는 뭐라 크게 욕을 해댔지만 위지극은 이미 저만치 가 버린 뒤였다.

 "다녀왔어."

 위지극이 자리에 도착해 활짝 웃으며 말했다.

 그는 나름 흡족했다.

 궁금해하던 몇 가지 문제도 해결했고, 비무도 이겼으니 말이다.

 하지만 사연화를 제외한 네 명은 얼이 나간 표정으로 그를 쳐다보고만 있었다.

 한참 만에야 금산청이 가까스로 입을 열었다.

 "너, 뭐냐?"

"네?"
"아니, 방금 그거 뭐야? 검법이야?"
위지극은 고개를 끄덕였다.
"그게 검법이라고? 하하하!"
그는 갑자기 이상한 웃음을 터뜨렸다.
검의 움직임을 보지 못했다.
빨라서가 아니다.
대기가 일그러졌기 때문이다.
모호하게 아른거리는 검의 자취, 그가 볼 수 있었던 건 오직 그것뿐이었다.
만약 자신에게 펼친다면?
옆에서 본 것에 불과하지만 어찌 막아야 할지 막막하기만 했다.
확실한 것은 무조건 피하고 봐야 한다는 점이다.
정면으로 맞부딪치면 압력을 감당하지 못하고 검이 부서질 게 뻔했다.
일단 피하고, 그다음이 공격. 그래야만 승부를 점칠 수 있으리라.
"그거, 이름이 뭐야?"
혁조영이 눈을 반짝이며 물어왔다.
"뭐가?"
"방금 그 초식 이름."

"우극탄천."

위지극은 솔직히 말했다.

"아하, 우극탄천. 극에 이르러 하늘을 누른다는 뜻이네. 초식 명 정말 잘 지었다."

혁조영은 자리에서 일어섰다.

그리고 위지극의 귀에 대고 조그맣게 속삭였다.

"나중에 꼭 가르쳐 줘야 돼, 사부?"

"어?"

위지극이 화들짝 놀란 얼굴로 그녀를 쳐다봤다.

하지만 그녀는 벌써 중앙을 향해 걸어가고 있었다.

"소공자께서 나오시는군요."

방사담이 예의 미소를 지으며 말했다.

"흐음."

혁우상은 나직이 침음성을 흘렸다.

사취암에서 하루의 대부분을 보내던 딸아이가 문득 찾아와 한다는 말이 위지극을 찾아달란 것이었다.

그는 내색치 않았으나 속으로는 몹시 놀랐다.

혹시나 그가 성천에서 왔다는 사실을 알고 하는 말인가 싶어서다.

하지만 생각해 보면 딸에게 성천에 관한 이야기를 한 적이 없었다.

그래서 그가 인청각에 들 것이라는 사실을 알려줬다.

그러자 이번엔 자신도 그곳에 들고 싶다 하는 게 아닌가?

무슨 일이 있냐는 물음에도 딸아이는 대답하지 않고 무조건 인청각에 넣어달라는 말만 되풀이했다.

자식 이기는 부모는 없다던가?

결국 그는 딸의 요구를 들어줄 수밖에 없었다.

그리고 지금 이렇게 비무에 섰다.

왜 위지극을 찾았을까?

그가 고수임을 알아보고 도움을 청하기 위해서였을까?

알 수 없는 노릇이었다.

"걱정되십니까?"

방사담이 넌지시 물었다.

"글쎄, 뭐라 말해야 좋을지 모르겠네."

"소공자께선 쉽게 포기하는 성격이 아니십니다. 걱정하지 않으셔도 될 것입니다."

혁우상은 고개를 끄덕였다.

"알고 있네. 그러나 그래서 더 걱정이 되는지도 모르지. 어떨 때는 말이야, 그만 포기해 줬으면 하는 마음도 있어."

"회주님의 무공을 잇는 것 말씀이십니까?"

"그래. 평범하게 산다고 해서 탓하는 사람은 없으니 말일세."

"소공자 자신이 용납할 수 없는 거겠지요."

"혹 상대가 누군지 아는가?"

방사담은 장내를 쳐다보더니 고개를 끄덕였다.

"다행히도 아는 아이군요. 그는 황보가 출신이며, 이름은 외자로 정(靜)이라 합니다."

"이름이 고요하다는 뜻이니 황보가와는 썩 어울리지 않는 이름이군."

"그렇지요. 그래도 한 명쯤은 정이란 이름을 가지는 게 좋겠다 하여 그리 지었답니다."

"자네 그에 대해서 꽤 잘 아는군그래."

"그의 부친과 안면이 있는 사이라서."

"무공은 어떠한가?"

방사담은 잠시 생각하다가 이윽고 입을 열었다.

"황보정은 황보세가의 주작칠검(朱雀七劍)과 천왕패권(天王霸拳)을 익혔습니다. 성취는 대략 사성에서 오성 정도일 겁니다."

"그렇군."

그는 대수롭지 않게 대답했다.

하지만 주작칠검은 그렇다 치고라도 천왕패권을 오성 가까이 익혔다는 사실은 놀라웠다.

천왕패권은 강대한 공력을 필요로 한다.

때문에 그 성취가 상대적으로 더딜 수밖에 없는데, 오성이라 하니 황보가의 심법 외에도 다른 무언가의 도움이 있었으리라 생각했다.

 "소공자시군요. 난 황보정이오."
 "소공자가 아니라 혁조영이에요."
 혁조영이 인상을 쓰며 쏘아붙였으나, 황보정은 오히려 대소를 터뜨렸다.
 "하하하! 그게 그거지, 뭘 따지고 그러시오."
 그는 과연 황보세가의 인물답게 목소리도 우렁차고 성격도 화통해 보였다.
 하나 혁조영이 여전히 얼굴을 찡그리고 있자, 황보정은 급히 하나의 제안을 했다.
 "자자, 그러지 말고, 내게 한 가지 좋은 생각이 있는데… 어떻소, 들어보시겠소?"
 "뭔데요?"
 혁조영은 관심이 이는지 언제 화를 냈냐는 듯이 물었다.
 "우리가 사실 검을 익히기는 했지만 검 말고도 우리에겐 적수공권의 무공이 있지 않소?"
 북무림회주 혁우상의 대라선장(大羅仙掌)을 말함이다.
 "그렇죠."
 "그러니 이번엔 검으로 하지 말고 당신의 장법과 나의 권법을 펼쳐 보는 게 어떤가 하고 말이오. 검무는 많은 사람들이 이미 앞에서 보이지 않았소?"

혁조영은 곰곰이 생각하는 눈치였다.

물론 대라선장을 모르는 건 아니었다.

하지만 최근엔 거의 검법과 심법에 매진한 터라 조금 꺼려지기도 했다.

그녀가 한창 고민하고 있을 때 황보정이 커다란 목소리로 소리쳤다.

"고로 사내라면 주먹으로 말해야 하는 것 아니겠소!"

"……!"

그 말에 혁조영은 고개를 번쩍 치켜들었다.

"좋아요! 그렇게 해요!"

"하하하, 과연 그대는 사내대장부답소."

"당신도 마찬가지예요."

둘은 서로를 바라보며 씨익 웃었다.

그들은 한쪽에 검을 풀어 놓고는 다시 마주 섰다.

"나는 본가의 천왕패권을 사용할 셈이오. 그대는?"

"저는 당신도 아시다시피 대라선장을 펼칠 거예요."

"그럼 조심하도록 하시오. 내 주먹은 눈이 없으니."

"당신도 조심하세요. 저의 손에도 눈이 없으니."

둘은 사형제라도 되는 양 정겹게 말을 주고받더니 이윽고 황보정의 신형이 먼저 움직였다.

그와 동시에 혁조영의 작은 몸도 땅을 박차고 나갔다.

"으랴아!"

황보정이 커다란 호통 소리와 함께 바위처럼 단단해 보이는 주먹을 내질렀다.

그긍!

천왕패권의 일권패악(一拳敗惡)이 펼쳐지며 허공을 가르는 소리가 귀를 어지럽혔다.

그의 주먹엔 일견에도 바위를 부수고 철을 우그러뜨릴 만큼 강대한 공력이 깃들어 있어 보였다.

중인들은 모두 혁조영이 이를 피할 거라 생각했다.

혁조영이 약골이라는 사실은 이 자리에 모인 모든 사람이 알고 있었으니, 정면으로 부딪친다면 참혹한 결과만 낳을 것이다.

하지만……

"이야압!"

혁조영은 모든 사람의 예상을 깼다.

그녀가 무모하게도 황보정의 주먹을 향해 장을 내지르고 있는 게 아닌가?

이를 보고 있던 혁우상은 가슴이 덜컥 내려앉았다.

"안 된다, 조영아!"

그는 회주의 체통도 잊고 벌떡 일어나며 소리쳤다.

그 순간 장과 권이 만났다.

쾅!

요란한 소리가 터져 나왔다.

한데,

장내를 주시하던 중인들은 두 눈을 부릅떴다.

혁조영이 아무렇지도 않게 황보정의 권을 막아내더니 오히려 공격해 가고 있는 게 아닌가?

황보정은 장소성을 터뜨렸다.

"하하하!"

콰쾅!

둘의 손이 맞부딪치며 또다시 굉음이 터져 나왔다.

그는 놀랍게도 혁조영의 공격을 막으면서도 여유롭게 입을 열었다.

"역시 내 생각이 맞았어. 나는 당신에 대한 소문을 믿지 않았소."

하나 그건 혁조영도 마찬가지였다.

"뭐가요?"

"당신이 형편없이 약하다는 소문 말이오. 호부 밑에 어찌 견자가 있을 수 있겠소."

"당연한 말씀이지요."

"그 당연한 것을 사람들이 몰랐다는 게 문제지요. 하하하!"

그궁!

퍼퍼펑!

둘은 얘기를 나누면서도 쉴 사이 없이 신형을 움직이며 장과 권을 주고받고 있었다.

 한편, 깜짝 놀라 일어섰던 혁우상은 앉지도 않고 멍하니 그 광경을 바라보고 있었다.
 '저… 저게…….'
 눈으로 보면서도 믿을 수가 없었다.
 딸아이의 상태는 자신이 가장 잘 알았다.
 무량광신공을 익혔으나 그 성취는 미미했다.
 연공을 해도 내력이 모이지 않고 흩어졌다.
 쌓이지 않는 내공.
 그러니 범인과 다를 바가 없었다.
 그렇다면 지금 보이고 있는 저 무위는 도대체 뭐란 말인가?
 오성의 천왕패권에 밀리지 않는다.
 하면 적어도 대라선장이 삼성의 경지에는 올랐다는 말이 된다.
 일어날 수 없는 일이 벌어지고 있었다.
 "감축드립니다."
 방사담이 조용히 입을 열었다.
 "아, 고맙네."
 혁우상은 얼떨결에 대답했다.
 "하하, 회주님이 이런 모습을 보일 때도 있으시군요. 전 처음 봤습니다."

북무림회주, 그의 경지는 두말할 나위 없이 지고하다.

무엇에도 흔들리지 않을 것만 같은 거대한 기둥이다.

하지만 그런 그에게도 심기를 흔들 수 있는 무언가가 있었다.

바로 혁조영.

오직 그녀만이 가능한 일일 것이다.

한편 흥분한 이는 혁우상만이 아니었다.

위지극을 뺀 이십일조원 모두는 넋이 나가 있었다.

"조영이가… 조영이가……"

금산청만이 뭐라 중얼거리고 있었다.

혁조영은 신이 났다.

자신도 설마하니 이 정도일 줄은 몰랐다.

천왕패권은 권법으로 이름 높은 황보세가 내에서도 세 손가락 안에 드는 절기다.

그런데도 전혀 밀리지 않는다.

모두 위지극 덕분이다.

아니, 그가 알려준 무변광신공의 공능이다.

무변광신공은 과연 자신이 익히던 무량광신공과 통하는 바가 컸다.

사실 무량광신공을 익힐 때는 거의 내력이 쌓이지 않았다.

채 하루도 안 가 거의 모든 내력이 사라져 버렸다.

한데, 무변광신공을 익히며 깨달았다.

지금까지 잘못 알고 있었다는 사실을 말이다.

무량광신공으로 익힌 내력은 사라진 게 아니었다. 다만 그 힘을 드러내지 않은 채 꼭꼭 숨어 있었다.

해서 무변광신공을 연공하자 하나둘 그 힘이 되살아났다.

그리고 무변광신공의 기혈도맥을 통해 점차 흡수되었다.

짐작키로 현재까지 흡수된 내력은 대략 육 할 정도. 아직도 사 할가량이 남아 있다.

하니 머지않아 지금보다 훨씬 강력한 위력을 발휘할 수 있을 것이다.

"하하하!"

혁조영의 웃음소리가 장내를 울렸다.

이제 그녀의 새로운 삶이 시작됐다.

무인으로서, 그리고 천향검 혁우상의 뒤를 이을 후인으로서……

第十九章
초출사(初出仕)

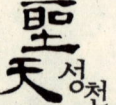

인청각 이십일조원이 머무는 방.

그곳엔 치열한 비무를 모두 마친 이십일조원들이 이야기를 나누는 중이었다.

"오늘 모두 수고했다."

금산청이 흐뭇하게 웃으며 운을 뗐다.

비무 결과는 삼승 일무 이패.

자신들보다 위로 평가받는 십칠조를 상대로 당당히 승리를 거뒀다.

"특히 조영이와 극이는 내가 생각했던 것보다 훨씬 훌륭했어."

위지극은 머리를 긁적이고 혁조영은 소심하게 보일 정도로 조용히 웃었다.

그녀는 아쉽게도 황보정과의 비무에서 승부를 가리지 못했다.

이각이 지나도록 우위를 가릴 수 없는 접전이 계속되자 사무진이 결국 무승부를 선언한 것이다.

"사실 이런 말 하는 것 자체가 좀 우습지만 우린 최선을 다했고, 훌륭한 성적을 거뒀다."

금산청이 위도곡을 슬쩍 바라보더니 버럭 소리쳤다.

"그러니 졌다고 꿍해 있지 마!"

사연화는 크게 동요치 않는 반면에 위도곡은 너무나 한심하게 졌다고 생각하는지 고개를 푹 숙이고 있었다.

"네, 형님."

겨우 기어들어 가는 목소리로 대답했다.

"아무튼 넌 내일부터 바로 특훈이다. 에… 그리고……."

그가 하려던 말을 잊어버려 잠시 생각하는 사이 문이 열리더니 사무진이 들어왔다.

"각주님!"

"위지극, 회주께서 보자 하신다."

"저를요?"

"그래. 궁금한 게 있으신 모양이야. 그러니 따라오너라."

그는 위지극의 대답도 듣지 않고 먼저 밖으로 나갔다.

위지극은 동료들을 향해 모르겠다는 표정을 하고는 바로 사무진을 뒤따랐다.

이윽고 위지극이 당도한 곳은 회주의 집무실로 쓰이는 매송청(梅松廳)이었다.

사무진은 위지극을 안으로 들여보낸 후 곧 돌아갔고, 위지극과 혁우상은 마주 앉았다.

'저분이 조영이의 아버지.'

참관인석에 있던 그를 멀리서는 봤지만, 이렇게 가까이서 본 건 처음이었다.

인상이 남자다우면서도 무척이나 강해 보였다.

자신은 아직 남들의 실력을 평가할 만한 수준에 오르지 못했지만 그럼에도 느낄 수 있었다.

"이렇게 만나게 되어 반갑네."

혁우상이 먼저 말문을 열었다.

"회주님을 뵙게 되어 영광입니다."

"영광은 무슨."

그는 희미한 미소를 지었다.

"오늘의 승리를 축하하네."

"감사합니다."

위지극은 짤막히 대답했다.

"이렇게 자네를 부른 건 몇 가지 묻고 싶은 게 있어서인데,

괜찮겠는가?"

"말씀하십시오."

위지극은 음성은 마치 목석처럼 딱딱했다.

이를 느끼고는 혁우상이 소리 내어 웃었다.

"하하하! 자네, 긴장했는가? 내 앞이라고 너무 그러지 말게. 나도 자네와 같은 사람이니까 말이야."

"네……."

그의 말대로 위지극은 긴장하고 있었다.

그는 고수들이 구름처럼 많다는 이곳 북무림회에서도 가장 강한 사람이다.

그런 강자를 앞에 두고 친구가 아닌 이상 긴장을 푸는 사람은 없을 것이다.

"이런이런, 자네는 성천에서 왔잖은가. 자부심을 가져도 좋네."

위지극은 그의 얼굴을 쳐다봤다.

그리고 생각 끝에 한마디 했다.

"태평… 아니, 성촌이 대단한 것과 저의 능력은 별개입니다."

"흐음."

혁우상은 천천히 고개를 끄덕였다.

"좋은 마음가짐이야. 그래야 발전이 있지."

위지극은 엷은 미소를 지었다.

단 몇 마디만을 나눴음에도 왠지 친근한 느낌이 든다.
막연히 추측하고 있던 회주의 성격과는 전혀 달랐다.
딱딱하고 고지식하리라 생각했는데.
"어찌 됐든 너무 긴장할 필요는 없네."
혁우상은 위지극을 지그시 바라보며 말을 이었다.
"물어보고 싶은 건 두 가지네. 먼저……."
그는 잠시 머뭇거렸다.
하지만 이내 마음을 굳히고는 조용히 물었다.
"자네가 혹시 조영이에게 도움을 줬는가?"
위지극은 순간 흠칫했다.

설마 말했을까?

자신이 그녀의 주화입마를 고쳐 주고 무변광신공을 알려 준 일을 사실대로 고했을까?

하지만 위지극은 그녀가 그러지 않았음을 곧 깨달을 수 있었다.

이미 말을 했다면 그가 이렇게 물어볼 리가 없었다.
하나 이젠 뭐라 대답해야 좋을지가 고민됐다.
한참 만에야 위지극의 입이 떨어졌다.
"큰 도움을 준 것은 아닙니다. 조영이가 스스로 찾은 길이지요."
결국 두루뭉술하게 말하고 말았다.
"역시… 그랬구먼. 자네의 도움이 있었기에 그리될 수 있었군."

 뭔가 특별한 일이 일어나지 않았다면 딸아이의 공력이 그렇게 증가할 리가 없었다.

 그리고 그 특별한 일은 분명 위지극과 관계가 있으리라 생각했는데 예상이 들어맞았다.

 혁우상은 자신의 무릎을 몇 번 토닥였다.

 "어떻게 도와줬느냐를 물으면 자네에게 실례되는 일이겠지?"

 위지극은 대답하지 않았다.

 그러자 혁우상이 미소를 띠며 말했다.

 "미안하네. 지금 한 말은 신경 쓰지 말게. 한 명의 무인으로서 생긴 자연스런 호기심이라고만 생각해 주게나."

 그는 자리에서 천천히 몸을 일으켰다.

 위지극이 그를 의아한 눈빛으로 쳐다봤다.

 "자네, 일어서 줄 수 있겠는가?"

 "네?"

 위지극은 반문하면서도 이미 일어나 있었다.

 그러자 놀라운 일이 벌어졌다.

 "못난 아이에게 도움을 준 것에 대해 아비로서 고마움을 표하네."

 혁우상이 위지극에게 포권을 취하고 있었다.

 "아……."

위지극은 너무나 놀라 멍하니 입을 벌리고 있다가 급히 마주 포권지례를 했다.

"아닙니다. 조영이는 동료고, 그리고… 또……."

위지극이 당황스러워하자 혁우상은 천천히 포권을 풀며 흐뭇하게 웃었다.

"앞으로도 잘 부탁하겠네."

하지만 위지극은 갑자기 좌불안석이 되었다.

그는 북무림회주다.

북무림회주에게 포권지례를 받는 사람이 과연 몇이나 되겠는가?

거기다가 그는 혁조영의 아버지이다.

갑자기 부담이 물밀듯이 밀려왔다.

이를 아는지 모르는지 혁우상은 예의 미소를 띠며 입을 열었다.

"성천에도 고마움을 전하고 싶지만, 어디에 있는지를 모르니 그건 생략해야겠네."

그는 다시 위지극을 지그시 쳐다봤다.

"두 번째 궁금한 점은 말일세."

혁우상의 음성이 갑자기 깊이 가라앉았다.

표정 또한 지금과는 달리 엄숙해졌다.

"남의 무공에 대해 물어보는 것이 예의가 아닌 줄은 아네만, 혹 자네가 사용하는 공력이 선천진기인가 하는 걸세."

"……!"

위지극은 처음보다 더욱 소스라치게 놀랐다.

자신의 진기가 선천기임을 아는 사람이 있다는 사실이 믿기지 않았다.

"이 역시 말하지 않아도 좋네. 하지만 내 짐작대로 자네의 공력이 선천진기라면 잘 숙고해 보기 바라네. 아무리 뛰어난 심법이라 할지라도 소모된 선천진기를 회복시키진 못해."

그제야 위지극은 그가 왜 이런 질문을 했는지 깨달을 수 있었다.

그건 자신을 염려해서였다.

선천진기가 소모되면 죽는다.

맞는 말이다.

아무리 뛰어난 심법이라도 고갈된 선천진기를 메우지는 못한다.

이것도 맞는 말이다.

하지만 혁우상은 모르고 있었다.

자신이 선천기를 사용할 수 있는 것은 심법의 힘이 아니라는 사실을 말이다.

하나 이를 곧이곧대로 밝힐 수는 없는 노릇이었다.

"명심하겠습니다."

위지극이 고개를 숙이며 대답하자, 혁우상은 그제야 엄숙하던 표정을 풀었다.

"자, 그럼 자네가 나의 궁금증을 풀어줬으니 궁금한 게 있으면 어디 물어보게. 그래야 공평할 게 아닌가."

위지극은 정신이 번쩍 났다.

물어보고 싶은 것이야 산더미처럼 많았다.

왜 혁조영을 아들이라고 속이는지, 자기는 앞으로 어떻게 되고 무슨 일을 해야 되는지, 적이라는 적존교는 어디에 있고 얼마나 강한지…….

하지만 위지극은 차마 물을 수 없었다.

이 모든 질문이 그를 곤란하게 하리란 사실을 알고 있기 때문이었다.

"죄송하지만 저는 없습니다."

"없다? 허허, 이거 조금 섭섭한걸. 그래도 나름 꽤 신비하다 생각했거늘……."

그는 허탈한 웃음을 터뜨렸다.

이후에도 대략 반 시진가량 위지극은 혁우상과 이야기를 나누었다.

하지만 인청각에서의 생활이나 다른 조원에 관한 이야기가 주가 되었을 뿐, 그는 위지극이 곤란해할 만한 질문은 일체 하지 않았다.

이야기를 마치고 돌아오면서 위지극은 회주란 사람이 다시 한 번 예상외의 인물이란 생각이 들었다.

그토록 높은 위치에 있으면서도 자신을 허물없이 대했다.

마치 태평촌에 계신 촌장님과 비슷하다.
물론 성격도 다르고 술도 좋아할 것 같진 않았지만.
'좋은 아버지를 뒀구나, 조영.'
문득 자신의 아버지는 어떤 사람일까 하는 궁금증이 치밀었다.
어머니는 아버지에 대한 이야기를 한 적이 없었다.
자신의 성인 위지는 어머니의 성을 따왔다.
그래서 아버지의 성도 모른다.
'그래도 나쁜 사람은 아니겠지?'
어머니가 말을 안 해주는 걸로 봐서는 충분히 가능성이 있었지만 위지극은 고개를 저었다.
지금은 모르겠지만 한때 어머니가 사랑했던 사람이니 절대 나쁜 사람일 리 없었다.
"그나저나 무엇을 하고 있는 겁니까? 아들 보러 올 생각도 않고."
위지극의 얼굴에 희미한 미소가 떠올랐다.

* * *

"도대체 안에서 뭘 하는 거야!"
우희명이 투덜댔다.
그녀는 북무림회 정면에 위치한 낙평주루의 삼층에 앉아

있었다.

그것도 정문이 훤히 보이는 창가 쪽이다.

뭔가를 연신 홀짝거리며 마시던 그녀는 다시 창밖을 내다보고는 쾅! 하고 잔을 내려놨다.

"아그, 답답해. 들어갔으면 나와야 할 것 아니야. 도대체 얼마나 좋은 게 안에 있기에 며칠이 지나도록 외출을 안 하는 거야."

그녀의 툴툴대는 소리가 점점 커졌다.

하지만 그런 그녀를 탓하는 이는 아무도 없었다.

주위에는 사람이 단 한 명도 없었기 때문이다.

우희명은 이곳에 오자마자 거금을 들여 객잔을 통째로 빌렸고, 이 넓은 주루를 혼자서 쓰고 있었다.

이유는 오직 하나.

위지극을 만나기 위해서였다.

처음엔 금방 나올 거라 생각하고는 기다리는 것도 즐거웠다.

하지만 하루가 가고 이틀이 지나도 나타나지 않자 슬슬 짜증이 밀려오기 시작했다.

위지극이 북무림회 안에 있는 건 맞다.

그건 방금 전에도 백령마단원에게 보고를 받은 사실이다.

"그냥 내가 들어갈까?"

우희명은 답답하다 못해 직접 북무림회를 방문해 볼까 하는 생각이 들었다.

하지만 어림도 없는 소리였다.

북무림회에 들어갈 수 있는 자는 일단 신원이 확실해야만 했고, 신원이 확실하다 해도 특별한 이유가 없는 이상 허락되지 않았다.

"시간도 얼마 없는데……."

우희명은 위지극을 만나지 못하자 점점 초조해졌다.

그를 고수로 만들기 위해서는 정말 시간이 부족했다.

그나마 다행인 건 그가 처음 생각했던 것보다 꽤 수준이 높다는 사실이었다.

사사의 말이 거짓이 아니라면 말이다.

하지만 적오단 몇을 꺾은 것만으로 흑령을 이기기엔 턱없이 부족했다.

"여기서 뭐 해?"

그녀가 한창 어떻게 해야 할지 고민하고 있을 때 계단 쪽에서 남자의 음성이 들려왔다.

"오늘은 아무도 들여보내지 말라고 했잖아!"

우희명이 버럭 소릴 지르며 그쪽을 바라보다 갑자기 얼굴을 찌푸렸다.

목소리의 주인은 흑령이었다.

'젠장, 호랑이도 제 말 하면 나타난다더니, 지가 호랑이라도 되나.'

"사매, 나는 괜찮지?"
"안 괜찮아요. 그러니 빨리 내려가요."
"어허, 사형에게 그게 무슨 말버릇이야. 게다가……."
"게다가?"
흑령은 묘한 미소를 지었다.
"장래의 부군이 될 몸인데 말이야."
"흥! 헛물 들이켜지 마요. 절대 그런 일 없을 테니까."
"사부님께 직접 듣지 않았어?"
우희명은 아예 말도 하기 싫은 듯 고개를 돌려 버렸다.
"들었을 텐데도 그런 소릴 하는구나. 쯧쯧."
우희명이 갑자기 그를 노려봤다.
"당신이 어떻게 알죠?"
"다 아는 수가 있지."
"그럼 아버님과 그 외에 다른 이야기도 나눈 것을 모르세요?"
"다른 이야기?"
우희명은 그가 전혀 모르는 눈치이자 피식 웃었다.
"무슨 이야기를 나눴지?"
흑령의 목소리가 조금 차가워졌다.
그녀에 대해 자신이 모르는 일이 있다는 것 자체가 싫은 듯했다.
"직접 알아보세요."

우희명은 득의의 미소를 지은 채 싸늘히 대답했다.

흑령은 그녀를 지그시 바라보다 이내 평상시의 모습으로 돌아왔다.

그리고 우희명 앞에 앉으며 들릴 듯 말 듯 중얼거렸다.

"어차피 별거 아니겠지."

"마음대로 생각하세요."

우희명은 그의 도발에 넘어가지 않았다.

하지만 이어지는 그의 말에 우희명은 당황할 수밖에 없었다.

"뭐, 정 안 되면 사사에게 물어보면 되니까."

"……!"

그녀는 가슴이 덜컥 내려앉았다.

그건 위험했다.

아버지는 분명 사사에게 자신과 한 약속을 말해주었을 것이다.

사사는 중립의 인물.

결코 다루기 쉬운 사람이 아니다.

하지만 아버지가 신임하는 흑령이 캐묻는다면 위지극에 대한 이야기가 흘러나올 수도 있었다.

신랑감을 찾는다면서 위지극을 찾았으니 대번에 눈치 채리라.

그리되면 위지극이 고수가 되기도 전에 흑령에게 죽임을

당할지도 몰랐다.

"아버지와 한 가지 약조를 했어요."

결국 우희명은 말해줄 수밖에 없었다.

하나 그의 반응이 뜻밖이었다.

흑령은 그녀를 지그시 쳐다보다 툭하니 내뱉었다.

"사사와 무슨 일이 있었나 보군."

"……."

"왜 사사에 대한 이야기가 나오자마자 그리 당황하는 거지? 그와 무슨 거래라도 했나?"

"거래 같은 건 없었어요."

"그렇다면 다행이군."

"무슨 뜻이죠?"

"너는 사사가 어떤 사람인지 몰라?"

우희명은 그가 왜 이런 말을 하는지 영문을 알 수 없었으나, 아무렇지도 않은 듯 대답했다.

"아버지의 충복이죠."

"충복이라……."

그는 뜻 모를 미소를 지었다.

"과연 그런지는 두고 봐야지."

"그럼 그가 배신이라도 한다는 건가요?"

우희명이 발끈했다.

사사가 비록 기이한 행동을 하긴 했지만, 교에 해를 입힌

적은 단 한 번도 없었다.

그뿐 아니라 흑령의 말은 아버지를 모욕하는 것과도 같았다.

"난 그렇게 말한 적 없어."

그는 갑자기 미간을 찌푸렸다.

"사매는 혹시……."

"뭐죠?"

"아니, 아니야. 너까지 알 필요는 없다."

그가 뭔가 말을 꺼내려다 멈추자 우희명은 답답했다.

"뭐예요? 제가 뭘 모른다는 거죠?"

그럼에도 한동안 말이 없던 흑령이 조용히 물었다.

"넌 혹시 사죽림(死竹林)이란 말을 들어본 적이 있어?"

"사죽림?"

그녀는 고개를 저었다.

처음 듣는 말이었다.

"그럼 됐어. 그나저나 어떤 약조야?"

흑령은 급히 화제를 돌렸다.

그녀는 흑령이 속 시원하게 대답하지 않자 궁금증이 치밀었으나 더 이상 닦달하는 것도 내키지 않았다.

"아버지께선 당신과 꼭 혼인할 필요는 없다 하셨죠."

"……."

흑령의 눈빛이 날카로워졌다.

"대신 그 혼인 상대가 당신보다 강해야 한다는 조건을 붙이셨어요. 이제 됐죠?"

흑령은 잠시 그녀를 바라보다 갑자기 대소를 터뜨렸다.

"하하하하! 과연 사부님이시군. 그런 조건을 달다니 말이야."

"뭐가 그리 우스워요!"

"우습지 않고. 그런 사람이 있을 것 같아? 나보다 강한 사람이?"

"오만도 정도가 있는 거예요."

우희명이 어이없다는 표정을 지었다.

하지만 흑령의 웃음은 그치지 않았다.

"크크크! 뭐, 좋을 대로 생각해. 그러나 과연 그런 자를 찾아낼 수 있을지 나도 기대되는군그래."

"반드시 찾아낼 거니까 걱정하지 말아요."

그는 한참을 킥킥대다 겨우 웃음을 멈추고는 물었다.

"그래, 봐둔 사람이 있긴 하고?"

"없어요."

우희명은 단호하게 말했다.

"그러면서도 그런 약조를 하다니, 용기가 가상한데?"

"이제부터 찾을 거예요. 시간은 많으니까."

"사부님께서 기한을 주셨나?"

"그래요."

"얼마나? 삼 년? 오 년?"

그녀는 아랫입술을 지그시 깨물었다.

그의 말속엔 삼 년이나 오 년 안엔 어림도 없다는 뜻이 숨어 있었다.

"일 년이에요."

"뭐? 겨우 일 년?"

그는 어이없다는 표정으로 그녀를 쳐다보다 다시 웃음을 터뜨렸다.

"크하하하! 겨우 그 시간 안에 내 상대를 찾겠다고? 이로써 사부님의 뜻을 확실히 알겠어."

"……"

"그래, 좋아좋아. 기다려 주지. 일 년 후에 한 번 데려와 봐. 그리고 그때가……"

그는 예의 묘한 미소를 지었다.

"너와 내가 혼인하는 날이 될 테니까."

그 말을 끝으로 흑령은 내려가 버렸다.

그가 사라지자 우희명은 마음이 착잡했다.

도대체 흑령의 저 자신감은 어디서 나오는 걸까?

아무래도 불안하기만 했다.

자신이 모르는 뭔가가 있는 게 아닐까 의심스러웠다.

흑령의 무공은 아버지로부터 비롯됐다.

자신 역시 마찬가지다.

그래서 그의 실력이 어떤지 잘 알았다.

그렇게 믿고 있다.

그리고 흔히들 남자가 여자보다 무공에 뛰어나다고 하지만 자신은 여자의 한계를 뛰어넘었다 자부한다.

분명 그럴진대,

이상하게도 자꾸 어깨가 움츠러들었다.

하나 한편으로는 다행이라는 생각도 들었다.

저런 자신감이 있다면 미리 위지극의 존재를 알아낸다 하더라도 죽이진 않을 듯했다.

일 년은 충분히 기다려 줄 것이다.

"휴우!"

그녀는 깊이 한숨을 내쉬었다.

"오 년으로 해달라고 할 걸 그랬나?"

일 년이면 충분하다 생각했는데 흑령의 말을 듣고 보니 자신감이 사라졌다.

'아니야! 할 수 있어! 저런 놈 말만 믿고 괜히 약해지면 안 돼!'

그녀는 애써 스스로를 위로했다.

그러던 어느 순간,

"그러니까 빨리 나오라고, 이 자식아!"

엉뚱한 위지극에게 화풀이를 해댔다.

　　　　　*　　　*　　　*

 비무가 끝난 지 어언 한 달이 지났다.
 하지만 그때까지도 이십일조원은 여전히 이십일조였다.
 비무에서 십칠조에게 승리를 거두고도 진급을 하지 못한 것이다.
 대신 십칠조가 이십이조로 떨어졌다.
 쉽게 납득키 어려운 결론이었으나, 위지극 등은 크게 실망하지 않았다.
 중요한 것은 조의 숫자가 아닌 사람임을 이미 알고 있었으니까.
 하지만 단 한 명.
 소유아만은 각주에게 따져야겠다며 작은 소동을 일으키기도 했다.
 그날 이후, 이십일조에게는 변화가 생겼다.
 가장 큰 변화는 위도곡이다.
 그는 예전의 나쁜 버릇을 거의 완벽하게 고쳤다.
 몇 년간 고질병처럼 여겨오던 것이 단 며칠 만에 큰 차도를 보인 것은 금산청의 특훈도 있었지만, 그보다 그의 노력이 큰 몫을 했다.
 당시의 패배가 안겨준 충격이 대단했었나 보다.
 사연화는 그녀대로 무공에 열중했다.

위도곡이야 성격 때문에 패했다고 할 수 있지만 그녀가 진 것은 순수하게 실력에 의한 것이었다.

때문에 폐관만 안 했지 연공하는 양으로 봐서는 폐관이나 다름없었다.

위지극 또한 차도가 있어 이제 자심연도 팔성을 눈앞에 두었다.

덕분에 혼원무혼검법 초반 두 초식을 무리없이 펼칠 정도가 되었다.

혁조영은 남아 있던 사 할가량의 무량광신공에 의해 생성된 공력을 무변광신공에 흡수시켰고, 금산청은 사연화에게 자극받아 더욱 수련에 매진했다.

마지막으로 소유아.

그녀는 수련할 때나마 사용하던 벽자도를 아예 버려 버렸다.

그리고는 흑전태도를 보란 듯이 어깨에 올려놓고 다녔다.

이는 실전과 같은 감각을 항상 유지하기 위해서이기도 했지만, 그보다 승급시켜 주지 않은 것에 대한 일종의 시위의 의미가 더 컸다.

그렇게 자신의 실력을 배양하고자 이십일조원들이 노력하고 있을 무렵, 그들에게 또 다른 변화가 찾아왔다.

"얘들아, 드디어 일이 떨어졌다."

저녁 시간, 이십일조원이 모두 모인 자리에서 금산청이 입을 열었다.

"일? 드디어 바깥나들이 가는 거야?"

소유아의 말에 금산청이 얼굴을 찌푸렸다.

"나들이라니? 엄연한 일이야."

"어찌 됐든 요즘 너무 찌뿌드드했는데 잘됐다."

소유아는 금산청의 말을 들은 척 만 척하고 제 할 말만 했다.

사연화가 넌지시 물었다.

"오라버니, 어떤 일이죠?"

"자세한 사항은 내일 다시 각주님을 통해 듣겠지만, 일단 목적지는 등주다."

"등주라면 하남성 말씀입니까?"

위도곡이었다.

"그래. 멀지 않은 길이지."

북무림회가 있는 이곳 장안에서 등주까지는 대략 천 리 정도였다.

"위험한 임무인가요?"

"글쎄다. 일단 본단으로 도움을 요청한 것을 보면 지단에서 해결하기 힘들었다는 뜻이니까 위험할 수도 있어. 하지만 미리부터 걱정할 필요는 없다."

"혹시 이번에도……?"

"흠, 아무래도 그 지역 문파 간의 알력 다툼이 있는 모양인데, 그게 조금 심한가 봐. 해서 중재를 요청해 왔다고 하더라. 정확히 어느 문파인지는 아직 모르고."

사연화는 고개를 끄덕였다.

그 정도는 번번이 일어나는 일이었다.

강호에서 문파 간의 충돌은 언제라도 벌어질 수 있는 일상이나 다름없었다.

금산청은 위지극을 쳐다봤다.

"극이와 조영이에게는 첫 번째 출행이 되겠구나."

첫 번째 출행, 초출사라 할 수 있다.

그 말에 위지극은 가슴이 두근거렸다.

태평촌을 떠나온 후 자신에게 부여된 첫 번째 일이다.

그동안엔 사실 임무라는 게 없었다.

단지 무공을 닦았을 뿐이다.

'밖에 나가면 재미있는 일도 있겠지?'

위지극의 머릿속에 소유아의 기뻐하던 모습이 스쳐 갔다.

강호행이 이번이 처음은 아니었으나 그때는 혼자였다.

이야기할 사람도 없고, 같이 놀 사람도 없었다.

하지만 이젠 친구들이 생겼다.

은근히 기대가 되는 위지극이었다.

"질문이 있어요."

위지극이 손을 들었다.

"응?"

"이런 일이 자주 있나요?"

"적어도 일 년에 한두 번은 있지. 많으면 서너 번까지도 생기고. 그게 궁금했어?"

"조금은요."

"또 다른 물어볼 것은 없고?"

위지극은 잠시 생각하다가 다시 물었다.

"우리 조만 가는 건가요, 아니면……?"

"보통은 하나의 사건에 한 조가 출행한다. 하지만 한 조만으로 해결하기 힘든 일이 생기면 두세 조가 함께 가기도 하지. 이번엔 우리 조만 가."

위지극은 속으로 다행이라 생각했다.

혹시나 이십이조가 같이 간다면 한취와 또 마주쳐야 하는데, 그건 왠지 께름칙했다.

한취는 아직도 자신에 대한 화를 풀지 않고 때만 벼르고 있는 듯했다.

"오라버니!"

"넌 또 왜?"

위지극을 대할 때와는 달리 소유아가 부르자 금산청은 눈을 부라렸다.

"히익, 왜 나만 미워해?"

"또 보나마나 이상한 말 하려고 그런 거지? 목소리만 들어도 다 알아."

"이상한 거 아니다, 뭐. 아주 적절한 건데……."

"적절한 게 뭔데?"

"떠나기 전에 그거 받으러 가잖아."

"그거라니?"

소유아는 씨익 웃으며 손가락으로 원을 만들었다.

"은자?"

그녀는 고개를 마구 끄덕였다.

"에라이!"

금산청은 손을 치켜들었다.

"너, 또 돈 많이 타오라고 하려는 거지? 내가 너 때문에 얼마나 혼났는지 알아? 지난번에 나갔을 때도 네 옷 산다고 모조리 다 썼잖아."

"내 것만 샀나?"

"우리가 산 거 다 합쳐도 네 옷값 반의반도 안 돼."

소유아는 입을 삐죽였다.

"알았어. 이번엔 옷 안 살게. 그래도 돈은 많이 타와. 좋은 데서 먹고 자야 할 것 아냐. 이것도 알고 보면 다 조장의 능력인데……."

"콱! 조장의 능력은 무슨."

금산청이 다시 눈을 무섭게 뜨자 소유아가 쪼르르 뒤로 도망갔다.

"아무튼 오늘은 다들 푹 쉬어. 내일 아침에 각주님과 이야기한 다음 오후쯤엔 바로 출발할 거니까."

"네!"

다들 큰 소리로 대답했다.

하지만 이들은 아직 모르고 있었다.

그곳에서 자신들을 기다리고 있는 것이 무엇인지를……

『성천』 제3권에 계속…

유광헌 新무협 판타지 소설

기검신협
棋劍神俠

기검(氣劍)도 아니고 기검(奇劍)도 아닌,
기검(棋劍) 이야기.

신의 한 수!!
천상의 바둑에서 탄생한 도선비기.
그리고 그 속에 숨겨진 궁극의 심법.

강탈당한 신서(神書) 도선비기(道詵秘記)를 회수하고
조선 무예의 근간을 지켜라!

눈부신 활약과 함께 펼쳐지는 무학의 힘찬 날갯짓.
이제 더 이상 그는 하찮은 첫출이 아니다!!

유행이 아닌 자유추구 -
WWW.chungeoram.com
Book Publishing CHUNGEORAM

潛行武士
잠행무사

김문형 新무협 장편 소설

"흑랑성에 들어간 사람 중에
다시 강호에 나온 이는 없다."

서장 구륜사와의 결전을 승리로 이끌며
중원무림에 홀연히 나타난 문파 흑랑성(黑狼城).
그러나 흉흉한 소문이 사실로 드러나
무림맹으로부터 사파로 지목받고 멸문당한다.

그로부터 일 년 뒤.
강호의 은원을 정리하고 금분세수를 하려는
청위표국의 국주 송현은 마지막으로 무림맹의 의뢰를 받아들인다.
그것은 바로 금지 구역 흑랑성에 잠행하는 일.

송현은 무림에서 외면받는 무사 네 명을 선출하여
소림승 진광과 함께 흑랑성에 들어간다.
흑랑성의 비밀이 하나씩 드러나면서 밝혀지는 진실은
그들을 목숨을 건 사투로 끌어들여 가는데……

**액션스릴러로 만나는 무협
잠행무사!**

유행이 아닌 자유추구 -
WWW.chungeoram.com
Book Publishing CHUNGEORAM

이경영 소설

SCHÄDEL KREUZ
섀델 크로이츠

[2부] *Philosopher*
필라소퍼

정도를 추구하고 세상을 바로잡는
하얀 왕의 힘이 필요한 역전체 군단.
신의 존재에 가까운 '절대자'와
또 다른 천요의 등장.
그들의 목적은 헨지를 통한
공간왜곡의 문!

주어진 운명에 대항하는 자들과 이를 막으려는 자들.
그리고 밝혀지는 전설의 진실 앞에 또 다른
전설의 존재가 탄생하는데…….

섀델 크로이츠, 그들의 임무가 시작되었다.

- 유행이 아닌 자유추구 -
WWW.chungeoram.com
Book Publishing CHUNGEORAM

CHARM MASTER
참마스터

눈매 퓨전 판타지 소설

부적(Charm)이란

만드는 자의 정성, 만드는 자의 능력, 받는 자의 믿음,
이 세 가지가 충족되어야 최고의 힘을 발휘한다.

이계에서 넘어온 영환도사의 후손 진월랑!
아르젠 제국의 일등 개국 공신 가문이었던 이계인 가문, 진가가 하루아침에 몰락했다.
그것도 가장 믿었던 사람으로 인해.

홀로 살아남은 어린 월랑은 하루하루 생존 게임이 벌어지는
살인자들의 섬으로 보내지는데…….

독과 부적의 힘을 손에 넣은 진월랑!
그가 피바람을 몰고 육지로 돌아온다.

유행이 아닌 자유추구 -
WWW.chungeoram.com
Book Publishing CHUNGEORAM

Book Publishing CHUNGEORAM

청운하 新무협 판타지 소설

백팔번뇌
百八煩惱

세상은 날 버렸다.
나 또한 세상을 버렸다.

神이 선택한 그들이 흘린 쓰레기를…
난 그저 주워 먹었을 뿐이다.
그러므로 난 여전히 배가 고프다.

일류(一流)가 되기 위해서라면…
난 기꺼이 신마저 집어삼킬 것이다.

유행이 아닌 자유추구 -
WWW.chungeoram.com

Book Publishing CHUNGEORAM

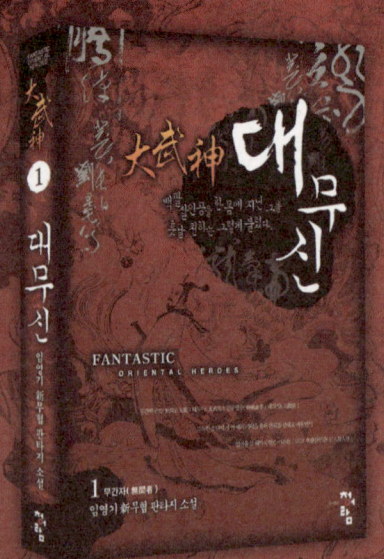

백팔살인공을 한 몸에 지닌 그를
훗날 천하는 그렇게 불렀다.

대무신 大武神

임영기 新무협 판타지 소설

무간백구호(無間百九號). 태무악(太武岳).
신풍혈수(神風血手). 대살성(大殺星).

고독한 소년이 세 살 때의 기억을 좇아
천하를 상대로 싸우면서 열아홉 살 때까지 얻은 이름들.
그리고 백팔살인공(百八殺人功).

大武神

백팔살인공을 한 몸에 지닌 그를 훗날 천하는 그렇게 불렀다.

유행이 아닌 자유추구 -
WWW.chungeoram.com

Book Publishing CHUNGEORAM